走出悬崖村

陈杰 刘旻——著

中国工人出版社

序言

探照灯和显微镜般的眼睛

他的眼睛像探照灯，像显微镜，像变焦镜，还自带广角。如果这样形容普通人，或许会让人感到诧异。但是如果我用这些词汇来形容多次获得国际和国内摄影大奖的《新京报》首席记者陈杰，你应该会觉得很贴切吧。

《走出悬崖村》的书稿，此刻就摆在我的案头。看着这个陈杰和刘旻多年合作的成果，首先闪现在我眼前的，是他们俩身背行囊在广袤大地上行走的背影。在我的想象中，他们哪里是在行走，他们简直就是在飞翔。矫健的身影掠过大西北的沙漠戈壁、大西南的山峦峡谷、中部平原的广袤土地，就像一对自由而哀伤的飞鸟。他们看到了我们看到的东西，也看到了我们没看到的东西。他们的摄影和文字，总是让我们眼前一亮，那些昏暗的目光，也开始闪烁人性的微光。

作为老朋友，同居一座城，其实也很少见面。偶尔约见，总有很多共情的话题，思想和经验发生了碰撞，观念和行动彼此在修正，大脑和眼睛有时候也能殊途同归。作为一名曾经的地质队员，我是从世界和大地遁入书斋。陈杰和刘旻，作为“70后”一代新闻工作者的代表，从办公室走向了世界和大地。

眼前的这本《走出悬崖村》，图文相互阐释，全方位呈现了大凉山彝族文化圈和那些特殊村庄的前世今生。新闻图片带来的现场感，最具直观的视觉冲击力和感染力。详尽的文字带来的，则是清晰的历史叙述和细腻的现场感受。翻开书，我为那浩瀚而苍茫的群山所感染，更为群山褶皱中隐藏着的神秘故事所吸引。海拔四五千米的峰峦峡谷中隐藏着的村庄，与地面落差近千米的“悬崖村”，紧贴陡峭山崖的藤梯，村民和他们的妻儿，耕地、羊群、蜜蜂、飞鸟，这些都构成了艰辛生活的自然和人文背景。

陈杰和刘旻2016年5月的新闻报道，成了大凉山深处十几个“悬崖村”改变命运的起点。2020年，得益于政府的精准扶贫政策，“悬崖村”的村民们易地搬迁到了县城。孩子们再也不用攀爬摇晃的藤梯上学，年轻人找到了谋生的新方式，老人们住进了宽敞明亮的新房子……一步跨千年的山乡巨变就此展开。

而在本书中，两位作者不仅看到了劳动经济意义上脱贫搬迁的必要性，也看到了不同文化心态和精神生活的差异所导致的后遗症。这种心态和视角，跟我多年前撰写《土地的黄昏》的时候，有很多相通之处。土地已近黄昏，光亮还在远方。

陈杰和刘旻向我透露，他们已经做好了新的采访和远行计划，带着他们的望远镜、显微镜和广角镜，去广袤的大地上漫游。我敬佩他们高尚的职业操守和自由飞翔的精神追求，也祝福他们在大地上有更多的发现，并通过他们的眼睛，让我们看到更多、发现更多。

张柠
著名学者兼作家
北京师范大学文学院教授
博士生导师

目录

地理新发现

壹

从山顶下到岩肩平台5个半小时的废弃之路。

古里拉达区域——大凉山最隐秘的所在，

所有到访的脚印都是一种初探。

黄茅埂、龙头山、狮子山是大凉山的地理标志，在这些群山之间，分布着诸多类似“悬崖村”这样难以抵达的村落。

在地理学上，八百里凉山形成相对封闭独立的地理单元，
其东、西、南三面被金沙江环绕。

四川省凉山彝族自治州昭觉县支尔莫乡阿土列尔村，是一座名副其实的“悬崖村”，有72户人家居住在这里。该村处于美姑河大峡谷断坎岩肩斜台地，所在位置就像三层台阶的中间一级，海拔1400多米，与山下的学校及公路垂直落差约800米。

村民下山赶集回来，攀爬藤梯回家。

一位在龙头山上放牧的牧民。在这里，很多居住在高山深处的当地牧民保持着千年不变的生活方式。

村民养在悬崖边上的马。

无人机俯瞰位于悬崖边缘的村民某色拉则的家。他家的后院门推开就是悬崖，房屋所在位置也是全村最高点。

顺山翻而下

初闻“悬崖村”，是2016年初，我们与著名的探险家、地质学家杨勇去澜沧江源头冰川考察。杨勇告诉了我们现实中“悬崖村”的存在，我们约定去一探究竟。其实，“悬崖村”是我们根据四川省凉山彝族自治州昭觉县支尔莫乡阿土列尔村的地貌特征所作的命名。

杨勇并没有去过阿土列尔村，不过他曾经多次听与他相熟的昭觉县地方官员说起过这个地方。因昭觉县整体极度贫困的状况，让当时的政府官员无力改变这里的现状。

杨勇希望我们关注一下这里的困境。他认为，媒体的介入或许能让这里的改变成为可能，就像我过去所做的环境报道能够对问题解决起到推动作用那样。此后，经过多次商量，我们敲定了探访阿土列尔村的最终时间。

自然地理实体的凉山地处川西南横断山脉东南角，山脉多呈南北走向。凉山位于四川盆地和川西南山地之间，是中国东部湿润亚热带气候和西部干湿亚热带气候的分界线，因山高气寒，故被称为凉山，但“凉山”这个词到了清代才开始在文献中出现。出发前，杨勇在谷歌地图上已经对昭觉县古里拉达这片神秘区域做了详细的搜索。当黄茅埂、龙头山、狮子山这些大凉山的地理标志，以及美姑河、古里拉达大峡谷、阿土列尔村这些秘境以三维立体的方式呈现在我们眼前时，不由让人倒吸一口凉气。海拔3500~4000米的群峰嵯峨的分布图比看地图册要清楚得多，地图册上那些密密麻麻的等高线像大脑的沟回早已把人转晕。

昭觉县地处四川大凉山腹地，北部是美姑县。在昭觉县和美姑县的东部，翻过连绵的南北走向的黄茅埂，坡的西面就是属于小凉山的雷波县（人们习惯以四川省凉山彝族自治州美姑县境内的黄茅埂为界，以西称大凉山，以东称小凉山）。1952年，昭觉县成为凉山州州府所在地之前，这里在四川西南地区一直处于遗世自主的状态。

1941年7月，由西南联合大学化学系曾昭抡教授率领的“川康科学考察团”考察的地段，以西昌为起点，向东经昭觉、美姑到雷波，横越大凉山顶峰黄茅埂的沿线，累计里程约506里。在当时出版的地图上，这片区域几乎是一片空白。“内容情况不明”——即使是西方探险家对这里零星的几次尝试，也大多无疾而终。所以，曾昭抡的行动在当时可谓一个创举。

半个世纪过去，凉山在中国的现代化计划中仍旧位处边缘。刘绍华在《我的凉山兄弟》里写道：“不论和其他少数民族地区还是整个中国相比，凉山在70年代仍是全国经济发展成果最差的区域。”

而如今，凉山州已明确把旅游业作为全州首位产业来谋划，发展生态旅游产业是凉山的希望所在、后劲所在。因此，我们此次地理资源考察的重点之一也落在这个区域，而阿土列尔村不过是我们这次考察的一个点。杨勇认为，阿土列尔村及周边落后现状的改变，可以通过旅游资源的考察，来通盘考虑未来的发展方向，这也是他想让我们传递的一个信息，也是我们觉得解决这里贫困问题的关键点之一。

2016年5月12日中午，我们到达昭觉县支尔莫乡政府所在地，见到了曾进出阿土列尔村100多次，对当地情况最为熟悉的时任支尔莫乡党委书记的阿皮几体。支尔莫乡政府位于阿土列尔村之上，建在更高一层的夷平面残迹台地上，公路通达。

当天下午，在时任昭觉县委办公室秘书的吉克劲松和阿皮书记等人的带领下，我们踏上此次考察之路。实际进入古里拉达区域后，我们首先选择了不同角度的制高点来俯瞰观察这里最独特的谷中谷。

第一个制高点是被杨勇称为“大平台”的地方。远处，支尔莫乡一带海拔4000米壁立高耸的龙头山与狮子山在云雾中对峙，两山之间形成近3500米的深切峡谷。视线由远及近，干支流谷顶平台高低错落分布，谷中有谷、险峻巍峨，隔沟相望，难以到达，而平台顶部平坦开阔，景色如画。

美姑河在其下游段展示出非常壮观的峡谷形态，最宽的地方也就2公里，杨勇认为其形态特征与科罗拉多大峡谷具有相似性：峡谷由巨厚的水平或缓倾斜岩层组成；峡谷顶部保存着完整的夷平面，被支流切割分异，形成3~5级岩肩平台，错落分布。从“大平台”往下看，岩肩平台上是哈甘乡翠绿宁静的村落。

支尔莫乡联络村古则社，丰茂的植被高低错落，云雾从深谷里升起，水汽笼罩在青灰色玄武岩山体上。站在狮子山山腰，与龙头山对峙，这是我们选择的第二处制高点。

阿皮书记讲了当地的一个传说。相传，对峙中的狮子山与龙头山两位“山神”互相不服，于是比武，狮子山山神一箭射中了龙头山上一匹马的前额，龙头山山神回了一箭，射中了狮子山上一只狗鼻子上的一粒米。狮子山山神大骇，于是呼风唤雨把自己包裹起来，3天里只有1天放晴，阿皮书记说乡民们世世代代都是用这个传说来解释为什么狮子山云雾这么多。由于云雾的遮挡，支尔莫乡这一带的原始森林分布密集。而对面龙头山的植被，在他的记忆里，“参加工作22年，刚来的时候那里都是光秃秃的，都是退耕还林之后才种植起来的次生林。”

阿皮书记认为出现这样的差异，可能与另一个传说有关。古时候，支尔莫乡苏朱村苏朱社的山里突然出现了一头绿色的野猪，结果被老乡们分吃了。第二天，老乡们发现山谷里有个小女孩的声音在不断地回荡：“还我绿猪，还我绿猪……不然走着瞧。”老乡们感到奇怪又恐怖，当天下午果然发生了山崩，只有一户人家因为回娘家没有分到猪肉而活了下来。从此以后，乡民们看到高大的树木都会保留，也不再轻易打野生动物，以求山神佑护风调雨顺。

有老树的地方一定有故事，吉克劲松说，这里以前还留存有沙马甘道土司的剑与鼓。这位土司用鼓声司晨，乡民们也按鼓声作息，而“支尔莫”在彝语里就是“钟、风铃”的意思。

海拔2400米的布列色落村是第三个观察点，在这里能完整地看到岩肩平台上的阿土列尔村全貌。

布色列落村苍琼观平台的景观极致浩荡令人震惊。在杨勇眼里，在地质活动剧烈、金沙江下游水系切割强烈、峡谷深邃的大凉山腹地能有这种地形地貌如此对比分异的景观十分罕见，加上生态系统的完整性和彝族文化习俗的原真保存，这里完全是现代旅游市场的稀缺资源。

我们从布色列落村往阿土列尔村勒尔社进发，意味着我们走的并不是后来闻名全国的“天梯”，而是选择了另一条比“天梯”更难走的路。

这条路已经废弃多年，全是悬崖峭壁，非常危险：一是蛇多；二是猴子多，经常会用石头袭击人；三是有熊和野猪出没。村民已经把那条路封闭了，他们不建议我们走这条路，但杨勇建议试一下。阿皮书记看着刘旻说：“你是村子里走过这条路的第三个女性。”

在布色列落村扎额支社，顺着山褶下到阿土列尔村，5个半小时的路程，是此行所有人人生里不可多得的一段体验。七八十度的坡度，杂草灌木丛生经常遮蔽了先行者的身影，常使跟进者找不到路，而所谓的路也是刚刚走出来的。一边贴着山壁，另一边便是深谷沟壑，最窄的地方甚至达不到双脚并拢的宽度。脚下密林里潮湿的腐叶或是阳光下干燥的碎石经常让人滑倒。阿皮书记早早通知阿土列尔村里的年轻人等候在半途，以接应我们整顿休息补充能量。休息点的那处山窝，几年前还有村里人住，因为备受猴子和野猪的骚扰，现在全部搬到山下平台上，与更多人住在一起。再次出发，黄昏所经过的路段，“悬崖猿声啼不住”，四五只土黄色的大猴子在崖壁和树顶飞跃，伺机下手。

到达阿土列尔村勒尔社时已经彻底天黑，我们却依旧能在深蓝色天幕里看到瓦吾达莱双峰上的流泉飞瀑。全村的老人都来看我们，听说我们是从布色列落村下来的，他们也觉惊异。晚餐杀鸡宰羊，还有玉米面、酸菜汤，宾客、同村人、然后是村组长一家依次流水席，席地享用。

直到凌晨，村民们才依依不舍地散去，我们在村组长家的稻草上席地而卧，在屋外闪亮的繁星注视下入睡。

祖先的征服

有关彝族世系的传说描述道：在“居木武吾时代”，洪水泛滥，居木武吾得到天神的启示，乘坐了一个方形的木柜躲避洪水，11天后在今云南会泽的洛宜山得救。幸存下来的居木武吾娶了3个妻子，生了武、年、糯、恒、布、默6个儿子，后来发展成为6个部落，这便是文献中常提到的“六祖”。公元1世纪左右，“六祖”中的糯(曲涅)、恒(古侯)两部落向北迁徙，渡过金沙江进入凉山，与原本居住在这里的女黎、格俄、余余、却布等部落融合，形成了今天凉山彝族的主体。

对于古侯、曲涅两兄弟从云南东北昭通、会泽一带迁徙到四川凉山的这一段历史，无论是具体的过程、迁徙的路线还是活动的仪式，以及两个部落后来的发展史，都使凉山彝族人产生强烈的族群认同感。上溯到古侯、曲涅这个顶点的谱系长长地延续下来，使血缘家支关系显得既亲切自然又顺理成章。

直到1956年民主改革前，大小凉山都还没有公路与外界相通，仅有一些人行马踏的小路。这使得外部力量很难侵入凉山，即便侵入，也难以长期占领。一方面，地理屏障阻碍了凉山彝族与外界的交流以及社会经济的发展，可以说直至民主改革前，只有凉山的彝族还处于奴隶制社会的发展阶段；但另一方面，闭塞的交通和相对孤立的生存空间，也使彝族富有特色的民族传统和地域文化得到了相对完整的传承。

家支关系是血缘组织，基础是父系血统所确立的亲戚关系。彝族人特别是凉山彝人最重家支关系，“有家支就有骨头”，且家支亲戚关系的认定相比许多民族范围更大。一个汉族家族的范围最多不会超过“五服”，而在彝族的家支谱系中，只要没有分家，哪怕相隔几十代，也会被认定为同家支的亲戚。

吉克劲松说，云雾里的龙头山也是他们吉克氏族的诞生地，更是彝族其他诸多家支的发源地。凉山彝族原始宗族组织形态由部落、宗族、大家支、小家支、若干父系个体家庭组成。形象地说，宗族好比一棵大树，分衍出来的大家支和小家支，就像这棵大树的分支，其家支全体成员就像这棵大树的叶子，由此构成了彝族人一环扣一环的父系宗族家支血缘关系图。

谈及龙头山，凉山民族文化研究所的马尔子所长解释说，大凉山彝族2000年前从云南昭通一路迁徙而来，很多家族就居住在龙头山脚下。彝族单姓村落很少，复姓居多，都是你中有我、我中有你，就像一棵树上开着不同的花。

吉克劲松述说的吉克始祖的故事充满传奇。历史不长的吉克氏族，是彝族社会中威望较高的祭司世家之一。其始祖吉克系黑彝阿尔氏族的成员与下等级女子所生，其出生地便位于龙头山脚下。吉克后又娶黑彝阿尔氏族的甥女——黑彝勿雷氏族之女为妻而生七子。七子之后裔由于其父婚姻上的等级差异，不能成为黑彝等级，必须举行“氏族分支”仪式，与黑彝阿尔氏族分裂出来，最终成为掌管宗教祭司大权的白彝等级。吉克七子图腾分裂距今不过15~18代人（如果以每代25年计算，约400年时间），因为各支再没有举行分支仪式，所以众多氏族成员都一直拥有共同的氏族图腾和氏族姓氏，比如我们知道的吉克隽逸、吉克老鹰等彝胞名人。

彝族是一个有着多种崇拜的民族，归纳起来有祖灵崇拜、自然崇拜和家神崇拜三类。被誉为彝人灵魂的吉克老鹰在《山褶》里唱道：“不要相信路上方的灌木，不要相信路下方的黑石，沿着白色的路自然而归……回来吧，已逝去灵魂的彝人们，魂归祖先的地方，不要继续迷失自己……久啦，久啦，嘿久啦……”

悬崖上的村庄

阿土列尔村建在60多度的斜坡上，处于古里拉达大峡谷的深处。村庄在狮子山和对面龙头山的重峦叠嶂之间，山下是蜿蜒奔腾的美姑河。

据传在200多年前，阿土列尔村的祖先为了躲避战乱和土匪，来到了这个与世隔绝的地方。因为土地肥沃、物产丰富，生活得以自给自足。在过去动荡的年代里，他们过着相对安稳、平静的生活，但在现代经济高速发展的车轮下，地势险峻成为如今阿土列尔村发展之路上的巨大阻碍。

除了从布列色落村下来的这条路，村庄通向外界还有三条路可走。一条是从古里拉达峡谷走，但人们只敢冬季和旱季从这里通行。“夏季和雨季，古里拉达河水涨得很高，人根本不敢贸然进入。”一条是要经过另外两个村的山路，尽管不陡峭，但是很绕道。从村里到山下的小学，大概有18公里。

最后一条则是村民们最喜欢走的“天梯之路”。“天梯”共有218级，长约4公里，途中有13处峭壁，攀爬全靠藤梯。一些惊心路段，能下脚的地方不到手掌大，而接近村庄几乎垂直的两条相连的藤梯长度约100米。

村民们采购日常生活用品需要爬下藤梯，再走上7公里的山路，去到河谷地带每5天一次的莫红小市集。阿皮书记说，乡里要开会，消息都是靠一站一站的传递，比阿土列尔村更困难的村子连信号都没有，也没有藤梯。与顺着山褶随时可能滑下悬崖的路相比，用藤条和铁索绑在一起的“天梯”是快速高效的，甚至也相对“安全”，掌握好身体的平衡、保持体力，其他的意外因素相对可控。

阿土列尔村还有未解的谜，为了对当地的传说一探究竟，杨勇力邀重庆著名的攀岩人石成明，在崖壁上进行了一次探洞。洞穴高度500米，肉眼能看到洞口有木棍支撑，按当地人的说法，洞里有古代人类文化痕迹，甚至有藏宝的可能。石成明探洞的结果显示，这是处夹杂了灵灰岩和硅质白玉岩的玄武岩上不规则的张性裂隙空间，并不是发育完整的溶洞。洞深七八米，尽头有人工采硝的痕迹。望远镜里，洞旁不远处的崖壁上还有木栈道痕迹。

我们后来跟山下勒尔小学的校长谈及此事，他说早就听老一辈说过，以前的人为了抢地盘，用藤条攀登绝壁，四处找火药的原料硝，曾经误以为有些洞是国民党统治时期的火药库。口口相传的故事最终与实际的探索相吻合，也算是解了一个“不解之谜”。

谈到村子里的读书教育问题，我们得知，因为山上面积有限，无法建学校，所有的孩子只能下山读书。阿土列尔村勒尔社18个6 ~15 岁的孩子都在山脚下的勒尔小学上学，平时食宿在学校，每月月中和月底的周末才能回家。放学时校长会将孩子们送至山下，村干部带队，村里家长轮流接送。爬山之前，家长们会用背包绳拴住年龄较小的孩子，由一位家长引路，一位家长在中间稳固队伍，一位家长垫后，以确保孩子们的安全。村里的陈古吉说：“前些日子，一个娃脚滑了一下，幸好崖边的藤条挡住，才捡回一条命。”尽管上学路途艰险，但政府一直在努力，保证乡里学生都有学上。同时，政府也在想办法尽可能降低孩子们上学的风险，尽量安排学生在学校住宿，而每个学生一学期只需交纳300 元的费用。

藤梯与背包绳

2016年5月14日，是放学的日子。孩子们究竟是怎样通过天梯放学回家的呢？为真实、准确地记录这一过程，我决定随家长下山接到孩子后进行跟拍。

14日早上7点，我随村民陈古吉通过“天梯”下山。陈古吉有5个孩子在山下读书，每次接送他都不会缺席。这个36岁的彝族汉子面部骨骼分明，笑起来嘴巴和眼睛弯曲得很用力，略有点夸张。

我自持体能好，也常爬山，不过这样险峻的路是从未经历过的。加上我背着相机和无人机，行动更是困难，模样笨拙。在悬崖上如履平地的陈古吉接过我的无人机和背包，跟我说“陈哥，把手搭在我的肩膀上，没事”。一路上，他教我掌握了一些技巧，比如不要踩有碎石的斜坡，每一步下去确定踏实了再往前走，同时，手要抓牢藤条、钢索或牢固的崖石。就这样，我慢慢适应了下山节奏，顺利到达山底，山下勒尔小学的吉克校长已领着孩子们到了山脚的交接地点。

18个孩子中有两个6岁的，读学前班，其他人基本在10~15岁，女孩子占大多数。和通常的学校不同，1~3年级的学生都偏大，一是因为按照义务教育要求，一些孩子是近几年才入学的；二是因为年幼的孩子通常体能达不到走山路的条件，所以到了能比较适应走山路的时候才入学。有3个孩子随父母住在山下亲戚家，所以准备上山回家的孩子只有15人。

除了两个学前班的孩子，其他孩子都背着书包，里面塞满了书和作业本，还有一瓶灌满自来水的矿泉水瓶。我拿起一个孩子的书包掂量下分量，差不多有十几斤重。

孩子们穿的鞋都不太适宜攀登打滑地段的路，极少部分人穿着球鞋，大部分是凉鞋，还有的穿着拖鞋。爬山开始前，陈古吉让儿子陈木黑举起双手，从胸前系上背包带，然后把背包带的另一端绕在手臂上。

陈古吉带着陈木黑走在最后，6岁的陈木黑已经在这条路上上上下下几十次了。在爬垂直藤梯的时候，陈古吉会从后面微微提绳，让儿子能够省点力气，跟上前面的哥哥姐姐。在通过没有任何附着物的崖壁上的道路时，陈古吉格外小心，紧抓绳子的手有时青筋暴起。

孩子们上下爬得多了，在家长的保护下，行动非常有节奏。一旦有掉队的，家长会控制队伍速度。有孩子累了，家长就安排大家在相对安全的地方休整。选择休整的地方最好能避风，因为孩子们爬山出汗多，刮风容易受凉。

孩子们爬山动作娴熟，看不出害怕。不过，一个男孩告诉我，一次，他前面的同学摔了，被藤条挡住，没掉下悬崖，他害怕了好一阵子。

3个小时的回家路上，我使用相机、便携摄像机，一路记录孩子们爬山的过程。相对下山，上山比较容易些，拍摄时我通常站在稍微宽敞的地方，或者用脚勾着“天梯”的横杆，稳住脚后再进行拍摄。

在孩子们上最后一段几乎垂直的藤梯时，我找到一处平台，将无人机起飞。画面中，孩子们小小的身体在位于绝壁的“天梯”上慢慢移动，令人震惊。

晚上，我选了一张图片发在我的社交媒体上，并写道：“毫无疑问，我被眼前的场面震撼了，几天极其艰苦、危机四伏的共同体验，面对如此痛楚的现实，内心被一次次猛烈撞击，希望镜头前惊心动魄的诉说最终能带来改变。”

荒野求学路

2016年5月24日，《悬崖上的村庄》一文见诸报端，800米悬崖徒手爬、揭秘最险求学路的内容一下子引起了全国上下的震动与关注。

“800米悬崖下，就是孩子们读书的学校。连着家和学校的这800米放学路，有17条几乎‘悬空’的藤梯、诸多无任何保护措施的悬崖，孩子们每一次平安放学到家，就是一次与死神的擦肩而过。死神不止一次光临过这里的村民和过客。就在不久前还有失足跌落的悲剧……”

2015年6月6日，是阿土列尔村勒尔社15个孩子到山下上学的日子。按往常习惯，早上6点半，家长带着孩子们出发，7点前陆续到达村东侧的悬崖边集合。

17条藤梯攀附在峭壁上，历经雨淋日晒不断破损，几经修复才保存下来。

从集合地出发，首先前往的是阿土列尔村特土社，路程约3公里。孩子们首先经过几段十几米到几十米的滑坡地段，家长提醒他们间隔稍大些快速通过，避免遭遇滚石。这之后，一路几乎在30度以上的坡度道路上前进。

村组长俄地长江提前给经过的特土社组长吉克曲日打电话，让其准备食物。8点半，在经过1个多小时的艰苦爬坡后，孩子们到达吉克曲日家，用10分钟吃完准备好的土豆和豆腐汤。

特土社也有10多个同在勒尔小学读书的孩子，两股孩子会集到一起，加上家长有40多人。

接下来进入苏朱村。它和特土社分别处于一个山顶两面对峙的大斜坡上。虽然一路下坡，但路面都是细碎的石头和茂密的蕨类植物，间或一些高低不平的石块。多数孩子的鞋底光滑，不时有人滑倒，所幸道路从村子靠山脚穿过，有惊无险。由于植被茂密，孩子们几次遇到蛇，在惊慌失措的尖叫中，蛇也被吓跑。

孩子们大约走了3个小时，除吃饭时添了些饮用水，沿路未见到一处水源。过了苏朱村进入一处峡谷地段，孩子们跑进一处水电施工的工棚，主人把仅有的一小桶水提出来给他们饮用。

然而这点水不够饮用，陈古吉在施工人员的指引下，找到一处在建的水库引水洞，里面有清澈的泉水。补充完水后，孩子们继续往前走。陈木黑一路对陈古吉说：“爸爸，我又累又饿，还有多远。”

陈古吉说：“快到了，快到了，到了山下有车坐。”

进入峡谷，是一段段“之”字形的30度以上的下坡路，路面有大量破碎的页岩，比较锋利，孩子们行进格外小心。连续的下坡对孩子们的脚尖压力比较大，13岁的俄地有三的鞋本来就有个洞，出发时两个脚趾露在外面，走到山下时，破损更加严重，脚趾全露出来了。“如果鞋穿不了，在10天住校期间，就光着脚上课。”他说，因为这是他唯一的一双鞋。

途中，在一处泥石流重灾区，一个约50米长的“L”形隧洞从泥石流区域通过。一个家长在前用手机照明，孩子们从后面手拉手通过其中一段伸手不见五指的转弯地段。出来不久，就是一个3米宽的溪流，有的孩子匍匐着把头扎进水里消暑，有的孩子把鞋脱下来，浸泡疲惫的脚。重要的是，缺水很久的孩子们可以痛饮一番。

12点，孩子们再次通过一段河谷，河谷水流相对平缓，水面五六米宽，唯一的通过方式是座铁索横担木板的废弃桥，年纪小的孩子，由家长背或抱着才能过去。

家长说，若遇到下雨稍稍涨水，这一路几个遇水的路段大人都无法通过。烈日炙烤的地面上孩子们个个大汗淋漓，疲惫不堪。很多孩子不断问：“接我们的车在哪儿？”

12点35分许，孩子们出门约6个小时后，终于踏上了平坦的307省道。10岁的俄地曲坡得到爸爸奖赏的一个真空包装的小鸡腿，他一边啃一边说：“这路走得太累了，腿已经不行了。”

他的爸爸说：“这一路缺水，有滚石危险，遇到雨季，河道根本无法通行。”从公路到学校还有约20分钟的车程，乡里安排了两辆7座小面包车分两次把孩子和家长接到学校。

不过，吉巴阿里、吉巴火布和吉巴合西兄妹三人在爸爸的带领下依旧爬藤梯，因为吉巴火布嗓子疼需要去医院，所以坚决不绕道下山。阿皮书记说，政府在派人上山查看藤梯，看看哪些地方断了、钢丝松了需要加固、维修，10天左右可修好。

此前，凉山彝族自治州州委书记林书成承诺，先施工一条钢筋结构的梯道，解决群众出行安全问题，接下来马上组织论证彻底解决方案。

阿皮书记介绍，钢架由哪家公司来做还不知道，也不清楚具体时间。不过，在没修好钢架前，都会走这条较远的路，也会组织人员对这一条路进行勘察，排除险情。“宁愿走远，也不愿意学生走不安全的路，要保证学生的绝对安全。”

一位关注凉山的学者建议，在勒尔小学开展全日制寄宿制。帕查有格表示，目前学校只能管学生们一个月20天的伙食。如果长期住校，补贴要跟上，周末的伙食经费也要保证。

“悬崖村”阿土列尔村的发现过程，向我们呈现了想象力之外的景象，某种意义上，这样的故事，也是让这些失声于现代中国主流视野之外的人们，借助互联网，向外界呈现自己的渴望。

杨勇认为，与其深究造成巨大差异的历史或现代根源，不如换之以科学性、建设性的实践和努力，这样才是对凉山人民最大的帮助。而阿土列尔村具有人文和自然奇观价值，不能轻易搬迁放弃。村落出行道路应该结合旅游功能进行谋划，如栈道、索道、索桥都可以考虑，不仅方便百姓出行，同时也能提供旅游体验。宜攀高速公路已经被列入“十三五”规划并已开工建设，凉山州交通会战将改变当地的交通条件。扶贫攻坚和发展转型快速推进，旅游开发将迎来历史性机遇。阿土列尔村应考虑尽快融入旅游产业，村民产业素质培训、农业升级品牌创建、彝家村寨建设、服务设施完善等都将为其带来巨大改变。

勒尔小学的孩子们正通过一处断桥。上学的路上需要过三次河，据村民讲，下雨后这条路几个有水的地方成人都难以通过。

爬山开始前，陈古吉用背包绳绕过儿子陈木黑的胸口，在背后打上结，以确保儿子的安全。

勒尔社的孩子们在攀爬一段几乎垂直的“天梯”回家。

上学路上，疲惫的孩子们躺在地上休息。

6个多小时的艰苦跋涉后，孩子们坐在了教室开始上课。

陈古吉的家里，墙壁上挂满了背行李的绳索。这样的情景在阿土列尔村的家家户户都能看到。

陈古吉一家人一起吃饭，除了最小的儿子，其余的孩子已经开始承担家务。

一户人家吃完早餐后，老人在清理残羹剩饭。村民们一直保持着千年不变的传统习惯，以地为桌，然后围蹲在一起吃饭。

一位下山赶集的村民用绳子拴着两只鸡挂在肩上，因为道路不便，村民种植的土特产和养殖的牲口很难运到山下。

连续山路徒步5个小时，8岁的吉觉尔子汗如雨下。

9岁的某色日果和77岁的奶奶石扎阿玛相依为命。

阿土列尔村里老人和孩子居多，村里有数十户年轻人自行迁到山外，有的外出打工。

经过两个多小时的艰苦攀爬，孩子们到达山崖边。他们稍作休息后，回到各自家中。

生存的艺术

贰

生存本身就是一种艺术。

生存之美在于能精妙地应对千姿百态的环境，

并能顺应环境的剧变做出创新。

大凉山深处，很多村落的土地板结，田地要靠牛来耕种。

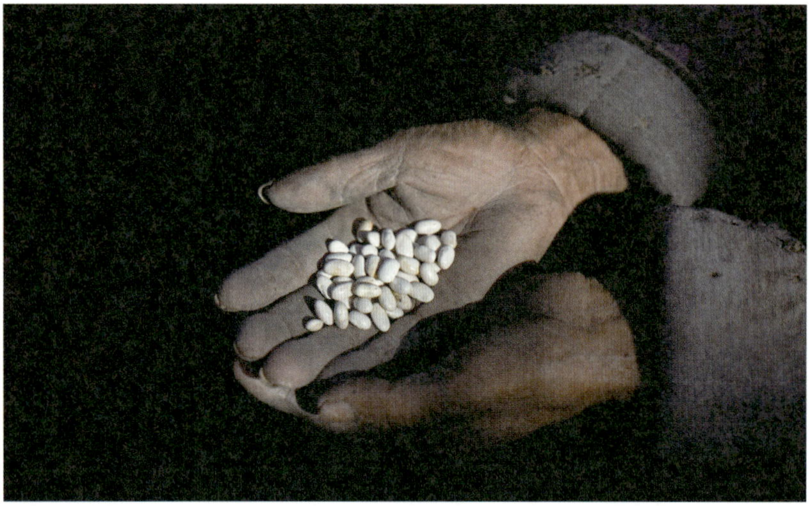

村民播种的豆子。

一个村民将出苗的玉米周边板结的土壤揉松，玉米是“阿土列尔村”的主要作物之一。

在道路不通机动车的地方，马匹是彝族乡亲驮重物的好帮手。

牧羊的老人，躺在草地上吸烟。

一只羊大胆地凑到人的跟前，舔带有咸味的汗水。

养羊成为很多家庭的主要收入来源。

村民从田里劳作回来。因为可种植的土地比较分散，下地劳作有时要走很远的路。

村民从山上打柴火背回家，用来生火做饭。

毕摩给孩子举行祛病消灾的仪式。

带有绿叶的新枝、“草鬼”、杀死的鸡排成一条线，指向门口。

屋里哭闹的孩子和屋外饲养的山羊。

在一些重要场合上，彝族的妇女会身着传统服饰，包括佩戴银饰。

阿土列尔村的地貌险峻，周边山上植被丰富，适合养殖山羊。

吉巴哈干正在照看山上的牛，足球和乒乓球是他的爱好。

大人从山下市场带来的免费气球，孩子们也能玩上半天。

女孩子们通常要承担更繁重的家务活，她们爬山、爬树丝毫不输男孩子。

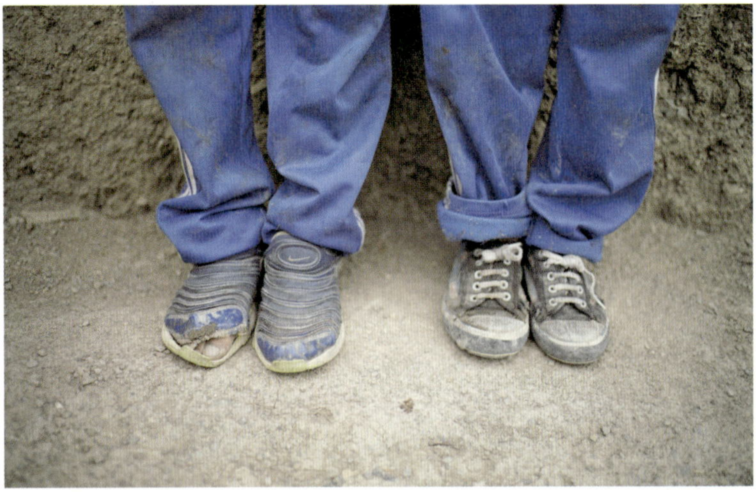

孩子们走的基本都是悬崖路，因为贫困，他们脚上穿的鞋常常“咧着大嘴”。

村里的孩子们没有节假日，只要在家就要参与各种劳动，很多孩子五六岁就开始成为家里的劳动力，做些力所能及的事情。

陈心明背着五六十斤的红薯叶，步行一里多地到家。她和妹妹把红薯挖出来，然后连红薯叶一起背回家，红薯叶主要用来喂猪。

耕牧混成的生境

黄茅埂作为大凉山人耳熟能详的一个地名，在历史上留下了很多彝经记载和民间传说。彝族的一代宗师阿苏拉则，结束了多年的游历参学后，晚年便在黄茅埂龙头山下的比尔岩洞中潜心修道，从事彝文经书的编撰和整理。这就使得黄茅埂成了一个令彝族人敬仰，具有神秘人文色彩的图腾和符号，是彝族人心目中的一座“神山”。

准确地说，广义的黄茅埂不是一座山，而是一座狭长的山脉。其山势由北向南延伸，北起大风顶，南至龙头山，南北跨度近100公里。作为进入“大凉山之西门户”，对旅行者而言，到过黄茅埂，才真的算是到过凉山。

身处“藏彝走廊”核心位置的黄茅埂，还有着特殊的地缘意义，其主峰硕诺木尺合，在彝语中有着“硕诺养马养羊之地”的含义。远古时期，彝族祖先曲涅部落从云南迁徙至凉山，历经艰险。翻越高山险壑从黄茅埂到美姑会盟时，发现了这片理想中的世外桃源，就此世代定居于此繁衍生息。

车能上行到黄茅埂的草原地带，海拔渐高，人入雾中。再往上，人已到云雾上面。四望之下，各处山顶一齐入目。云垂山腰，美景倍增。美姑在下，蜿蜒南流。

古老的资料里曾提及黄茅埂有“老林”，我们一路上来，却已很少看到树林，到达山顶甚至看到烧砍剩下来的一些冷杉树根。历史上，凉山彝族地区的经济发展主要靠原始资源的掠夺式开发。随着人口的逐渐增多，自然环境承受的压力越来越大，环境状况逐渐由适应发展演变为不适应乃至限制经济发展。

锁定龙头山位置后，先经过一片润泽的浅水沼泽，有羊、马饮水，这里属于高原台面较完整的湿地生态系统。攀爬及至大凉山的宽平山脊，又变为梳树草地生态系统，能看到在别处未曾看到过的金黄色索玛花（小叶杜鹃）铺满山间，灿若云霞。

在夕阳中来到刀背式的大凉山山脊，舒缓宽阔的山原绿草如茵。牛、羊、马四散啃食，云雾升腾，一切都是恬静的、和善的。杨勇在思考大凉山脱贫路径时曾经提出彝族的养殖业表现并不突出，除了发展旅游业，广阔平坦的草原很可能是发展养殖业的一种理想区域。

曾昭抡在《大凉山夷区考察记》里也写道：“从北东北伸到南西南，这片山顶草原，平的像纸一般，由西至东，展开三十华里左右的宽度，爬到上面，从各种方向，一望无际，全是这种绝好的天然牧场。”他甚至进行了计算，黄茅埂上，应可养羊一千万只、牛两百万头。虽然他也认为这个计算结果不免有些夸张，但此处发展畜牧事业的可能性，是值得注意的一件事。

由于之前研究记录空白，曾昭抡并不了解，其实"耕牧混成"（农牧兼营，以牧为主、以农为辅，兼及狩猎采集的生计方式）一直是凉山彝族，也是金沙江流域最典型的传统生计模式。同行的美姑县相关领导跟我们讲，如果与内蒙古、新疆的游牧以及汉族的固定农耕相比，这边的"耕牧混成"更为丰富立体。从山下的河谷到山上的高原台面，农地和牧地互换用地，畜种多样，作物也多样。

彝族的传统生计在弥补资源短缺、规避脆弱环节和化解自然风险方面都有成功之处，他们能够在这片土地上生活数千年，生态环境没有明显退变就证明了这一点。

作为凉山三大牧场之一，黄茅埂牛羊最多，养猪也较为广泛。每家可不畜牛羊，但必有一猪。据说当地的老百姓为了有效遏制黄花茅之类早熟恶草的蔓延，达到优化草场的目的，还利用家禽喜欢啄食草籽的天性，把鸡、鸭、鹅也当成放牧的对象。这样的经验和技术对目前推行的退耕还林、还草政策有很大的应用价值。

生存本身就是一种艺术，生存之美在于能精妙地应对千姿百态的环境，并能顺应环境的剧变做出创新。了解大凉山的"昨天"和"前天"，才能更好地了解它的"今天"。只想了解它的"今天"，而不过问它的"昨天"和"前天"，显然是不够的。

杨勇认为，只要引导好，基础设施和公共服务到位，扶贫措施一户一策、一村一策，彝族的优秀品质一定会得到激发和调动。彝族所生存的地方山清水秀、物产丰富、文化灿烂，是现代社会千金难买的稀缺资源。建构自己民族的生境，美丽生存是切实可行的。

毕摩与求医

毕摩被彝族人称为“智者”，不仅为族人主持祭祀、编造典籍、医治疾病，还传播文化，在彝族人的生育、婚丧、疾病、节日、出猎、播种等生活事务中起着重要作用。在“文革”期间，毕摩作法被认为“封建迷信”而被禁，之后虽然解禁了却找不到汉语与之相对应的说法。到现在，彝族人一直称毕摩作法为“做迷信”。

阿土列尔村没有瞧病的地方，村里年轻的女人和孩子最金贵，孩子病了还好办，再难的路，因为身子轻用背包绳往身上一绑，就背下山了，然后搭车进城治疗。

年轻的女人病了，就没那么简单了。全村的青壮年集合到一起，轮换着把女人绑在背上，驮下山，一路上下都有人护着。年纪大的人，得了病，因为经不起下山一路上的折腾，通常会找毕摩来作法，祛病消灾。病情重的，往往就在山上逝去。

要是得了特别急的病，赶不及治疗，人说没就没了。近几年，就有好几个这样的例子。一个特别炎热的夏天，一个村干部接送一个山上来的访客，没走出门多远，就突然躺在地上。村里的青壮年闻讯都赶到了，不过村干部早已没了气息。还有一个村民，喝醉了酒后，把农药抓在手里，灌了下去，还没来得及下山，就这么没了。

一个外乡来的幼教点女教师，带着出生五六个月的孩子在山上准备幼教点开学的事情。到山上后，她的孩子发烧哭闹，因为下山看病非常麻烦，她怕影响孩子们开学，就没有下山。而且，山上的孩子们发烧哭闹大人们通常都是忍着的，她也就照例忍着。可是，这次不同，孩子闹腾一周后，突然安静了，一看已经不省人事，还没到下山的山口就没了呼吸，令人痛惜。

彝族人把疾病归因为鬼魂作怪神灵不保佑。对于他们来讲，有病了去医院瞧，和请毕摩“做迷信”是两码事情。“做迷信”是祈求神灵护佑，即使是去医院瞧病，也得先有神灵的保佑。所以，在这里就常常看到，如果哪家人要下山看病了，就会提前一天请毕摩“做迷信”，他们认为这样做能对病情的康复起到很大的作用。

30岁的吉克九里要带孩子下山看病，另一户人家的主人某色达体因为偏头痛的老毛病又犯了，最近疼得厉害。他们分别请来了毕摩“做迷信”。在阿土列尔村，一户人家一年下来通常要花费从几百元到一两万元不等的费用请毕摩。

吉克九里的儿子陈伍雷已经11个多月了，可是不会发声、不会坐，脑袋也总是耷拉着。他的家里一共5口人，29岁的妻子敌日曲里、5岁的大女儿陈伍作、不到3岁的二女儿陈伍儿，陈伍雷是这个家庭的第三个孩子。他们的家，就是一间土坯房。约60平方米的屋子里，一头是土灶台，另一头是两张床，夯土的地面有几只小鸡窜来窜去找食。在两床之间从地面凹下去的火塘里，堆满了玉米芯。火焰从中间升起，随着火势渐大，屋子里的人被照得通红。

仪式开始前，吉克九里持一把扎起的干草，从水缸里舀出一瓢水，然后饮水，再往干草上喷，相似的动作连续3次。完成后，他把干草放到毕摩的脚前。毕摩在火塘边坐下，开始用稻草扎制“草鬼”，然后连着喷过水的干树枝，立在床边，并且还要插上几根带有绿叶的新鲜树枝。

吉克九里把事先准备好的一只白色的活公鸡递给毕摩，毕摩把公鸡的脚和翅膀绑起来，然后放在床前开始“念经”。选择白色的公鸡是毕摩按先祖的意愿算的，通常，“做迷信”的家庭，要事先请毕摩通过某种“通灵”的方式，与毕摩家庭的祖先取得联系，根据其祖先的意愿来安排献祭的家禽或牲口，就连选择什么颜色都有安排。在他们眼里，家禽或牲口都是和鬼神进行交换的祭祀品，通过交换求得平安，消除灾病。

这时候，吉克九里坐在一个低矮小凳上，两腿分开，把儿子抱到两腿之间坐在地上。他用腿夹着孩子，以免孩子向两边倒去。毕摩把一根两头打了套圈的麻绳，一个套在吉克九里的头上，一个套在他儿子头上。

在毕摩“念经”的过程中，吉克九里尝试着让儿子自己在地上坐稳，可是尝试了一次又一次，孩子不是往左倒，就是往右倒，有的时候也会前后倒，他的双手几乎不能离开孩子左右。

这时，毕摩让吉克九里带着妻子和孩子，面朝大门蹲下。吉克九里在前，两个女儿在中间，妻子抱着儿子在后。弟弟吉克伍雷在毕摩的指挥下，右手提着鸡的腿抡圆了甩起来，在他们头上顺时针绕11圈。其实按照程序应该绕9圈，因为吉克伍雷没听明白毕摩的指令，所以多绕了两圈，才被毕摩叫停，而毕摩也没有计较。提着鸡在孩子的头上转意味着所有不好的东西都被鸡吸走了，而转9次则是为了讨个吉利，9是彝族人的吉利数字。

绕完圈，吉克九里带着两个女儿走开。吉克伍雷继续提着鸡在敌日曲里怀里的陈伍雷身上蹭了几下，然后用手捏开公鸡的喙，对着陈伍雷的嘴，引导着陈伍雷张嘴哈气。孩子什么也不懂，也不会发声，只是瞪着眼张着嘴左右躲避，妈妈就代替孩子对着鸡喙吹了几口气，算是完成了这个环节。这意味着，孩子把病吹给鸡，让鸡吸走“魔鬼”。

接着，毕摩边“念经”，边拿出一个红塑料碗，上面放上“草鬼”，提刀杀鸡，然后把血淋在“草鬼”上，同时拔一些鸡毛沾上鸡血插在“草鬼”上，再把带有绿叶的新枝、“草鬼”、杀死的鸡排成一条线，指向门口，预示把“魔鬼”赶走，不再给孩子带来灾害。

两个多小时后，仪式结束。毕摩和吉克九里也是近亲，所以吉克九里抓了两只鸡作为报酬。吉克九里说，孩子下山看病，“做迷信”能够保佑孩子到医院把病治好。

相比吉克九里，某色达体家“做迷信”的规模就大一些，请的毕摩也属于村里最能“念经”的。

某色达体年轻时因为爬山摔倒而留下偏头痛的病根，一直无法治愈，最近疼痛加剧。另外，他的儿子因为干工程，伤了眼睛。为此，某色达体决定请毕摩祛病消灾，求个平安。

某色达体的家是三座两小一大的土坯房，三座房子之间是一片30多平方米的小院，用水泥打的地坪，土坯房屋看上去用新泥整饰过不久。“做迷信”前，他提前招呼了几户人家，来帮忙的有十几个村民。

某色达体30多岁的儿子雄体，按毕摩的要求，从自家放在山腰上的羊群里挑了一只白色的年轻力壮的公羊，用绳子拴着两只角，花了两个多小时拉进家里，累得他一身汗。某色达体则跑到山谷里鸟儿多的地方，找到一个完整的鸟窝，连着树枝一起掰下来，然后小心翼翼地用一只手举着带回家。某色达体的妻子，则抓了一只白公鸡。毕摩说，白色的羊、白色的公鸡和鸟窝，都是按祖先的意见安排的，不能有丝毫差池。

来帮忙的村民到山上的林子里砍了几捆带着浓密树叶的新枝，把一些树叶多的细枝绑成一个个小捆，然后再把一些粗一点的树枝削去旁枝，做成一个个小棍，以便毕摩在作法过程中使用。某色达体还专门理了发，只留下头顶中间的一部分头发。

下午5点左右，一切准备就绪。毕摩来到大屋子里的东北角，也就是某色达体平日睡的铁架床前，把头枕一方的被褥掀起来，然后用干草立着布满整个床头，再用带有浓密树叶的树枝点缀其间。这个布置，彝语直译叫“死布觉”，也就是“魔鬼”的意思。

接着，毕摩用树干和干草，编织成十字形状的“草鬼”，插在床头。某色达体则带着妻子、儿女、两个孙子，在屋子北侧贴墙坐成一排。某色达体紧挨着毕摩，男性大人和孩子脖子上都系了一个麻绳做的项圈。帮忙的人，就聚集在靠近门口的地方。

毕摩戴上黑色神笠，开始“念经”，同时拿起一个装有短枝条的小簸箕，用各种法器，在上面拂过，然后让某色达体接过。某色达体把碗端到家人面前，先让孙子把手伸进碗里触碰枝条，然后依次让儿女和妻子触碰，完成后再递给毕摩，寓意从他们身上卸载了灾祸。在这个过程中，毕摩左手持铜铃，不时伴着“念经”的节奏举起来摇几下。

仪式的高潮在下午7点左右，某色达体按照毕摩的吩咐，面朝门蹲下，一个小伙子抱着羊，羊头在前，在他的头上顺时针转了9圈，接着再把羊头调向，逆时针转9圈。因为羊比较重，小伙子中间调整了几次，才把程序完成。羊在头上转完了，小伙子再把羊换成鸡，然后又在某色达体的头上以顺时针和逆时针为方向各转了9圈。

接下来，某色达体起身，换成他的妻子在前，孙子在中间，儿女和儿媳在后。按同样的程序，把羊和鸡在他们头上转圈，只不过是换了个更强壮的青年来一气呵成做完所有动作。这个仪式寓意着把某色达体及家人身上可能附着的“魔鬼”交换到羊和鸡的身上带走，祈愿某色达体及家人获得安康。

之后，毕摩吩咐几个青年开始宰羊，把羊血放到脸盆里，再把装满羊血的脸盆端到毕摩跟前。毕摩把两个编织好的“草鬼”一头放到羊血里浸了浸，然后把床头的“死布觉”抽出一把，也在血里沾一沾，然后在死去的羊身上抽几下。

随后，毕摩一手提着公鸡，一手提着刀，用刀拍打公鸡的头部，然后割开公鸡的喙。血从鸡喙流出来，毕摩让某色达体用“草鬼”在下面接着，均匀地洒在“草鬼”的上部。随后，毕摩从公鸡身体揪下几片羽毛，插在“草鬼”身上。

接下来，几个帮忙的青年，把插着鸡毛，沾上鸡血和羊血的“草鬼”放在门槛上，头部朝外，后面再依次把羊和鸡按一条线往后排，羊的身上还放着代表“死布觉”的带有浓密树叶的树枝。这个过程，毕摩不停地“念经”，众人时而配合着合诵几句，听起来抑扬顿挫、苍凉有韵。放置在门口的鸟窝，则意味着有的“魔鬼”变成鸟飞离家里。

毕摩当晚一直“念经”到12点。第二天一早，又带着某色达体及他的儿子，继续举行简单的仪式，到中午12点才结束。

某色达体说，这一年他请了10多次毕摩，他觉得毕摩给自己带来了好运。

羊、花椒与核桃

阿土列尔村里没有一台洗衣机和冰箱，最现代化的电器是每家一台20英寸左右的电视机。政府给每一家都配备了太阳能设备，太阳能一体机放在电视机下面，太阳能吸热板则矗立在各家房顶。一些年轻人买回来几百元的音响，屋里不时传来彝语歌曲。

阿皮书记介绍，阿土列尔村人均土地占有量为0.07公顷，三分之二的人现已脱贫。目前划定的精准赤贫户为37户，29岁的某色拉洛一家是37户赤贫家庭之一。

2016年6月3日，一场大雨过后，早上8点多，阳光才从狮子山后面的山峦里亮起，地里一尺多高的玉米叶，变得光亮起来。中午，拉洛撑着一把雨伞遮阳，蹲在自家门口。他5岁的儿子某色伍作蹲在地上吃饭，碗里是昨日晚餐剩下的半碗土豆。

拉洛的第一个老婆病死了，如今娶了第二个老婆。因为两次婚姻，他出了两份彩礼，一次6万元，一次8万元，都是亲戚们凑的。他也想过打工致富，曾去过宁波打工，却只待了6个月，因不放心老婆和小孩，就匆匆回乡了。拉洛没有别的来钱渠道，唯一的财产就是一头牛，平时再种些核桃树和花椒树。但现在，核桃、花椒都还没结果。一年的收入也仅有1000元，远远低于2700元的当地贫困线。

和哥哥相比，25岁的某色拉博经济上要宽裕一些。某色拉博卷发、鼻梁高挺，典型的彝族男子模样。拉博和父母住在一起，家在村里斜坡的最高处。因为无法运上砖头，村里清一色的泥土房。屋顶的瓦片是父母早年从山下背上来的，每天两趟，足足背了一个多月。2011年，拉博去了广东惠州，在一个鞋厂做了8个多月的工，工钱是一个小时8元钱，为了照顾父母，他又回到了村里。

像多数村里人一样，趁着2009年修水电站，村民们利用临时的索道，运上了物资，几乎每家都用水泥铺了地面。拉博则和水电站的工人学会了焊接，用铁条做了四张床、两把椅子，这是家里最好的家具了。

拉博家有3亩地，种了40棵花椒树，70多棵核桃树。现在只有3棵花椒树结了果，每年能卖到800多元，其余的树还要5年才结果。如今，拉博每年可以按时收获的只有土豆约3000斤、玉米约2500斤。土豆是他们每天要吃的菜，玉米磨成粉，蒸熟就成为玉米饭。

除此之外，家里还养了1头母牛、5头猪、7只山羊，其中最值钱的是山羊。拉博把山羊赶到“天梯”附近的山坡上，过几天就会翻下山去查看羊的行踪。如果有人需要买羊，事先谈好价格，拉博会把羊的四条腿两两绑在一起，像背书包一样把羊背下山。“我现在有村里最好的身手。”拉博自豪地说，村里有人打核桃，会请他爬树去打，他还能背60斤物品上下山。

有时候水电站检修，拉博就会争取到“肥差”，帮工人们背东西上下山，最重的有50多斤，一趟挣150元。但这样的机会一年只有三四次。他也想到山下找一份工作，又能照顾父母，可惜附近都没有工作机会。

最令拉博父母担心的是他的婚事。村里的年轻人结婚早，但拉博都已经25岁了，拉博叹着气说：“没钱娶，看上也没用。”拉博的母亲洛尔伍牛摇着两只手指示意，家里最多能拿出2万元。而当地娶亲的彩礼已经飙升到18万元左右了。拉博想过，如果有公路了，出行方便了，他就不用守着父母，能出去打工了，他想学开车挣钱。

放羊娃的儿童节

2016年6月1日，早晨7点30分，13岁的陈日只准时走出家门，熟练地打开羊圈。山羊被她驱赶着，向村子与峡谷交界处的一片灌木和草甸走去。她比姐姐陈心明小两岁，姐妹俩轮流负责放羊。在她放羊的同时，陈心明也开始为家人准备早饭。

孩子们轮流分担家务农活在阿土列尔村非常普遍。村里有片快1米高的玉米地，9岁的某色日果经常帮助77岁的奶奶石扎阿玛除草。某色日果在勒尔小学读学前班，她的爸爸病故、妈妈改嫁、爷爷也早早去世，现在奶奶身体不好。村民说，孩子懂事，只要在家，常帮奶奶做事。

10岁的俄地曲坡和吉巴哈干身体逐渐结实，酷爱足球和乒乓球，但即使是儿童节，他们也不能和小伙伴来一场酣畅淋漓的比赛，因为他们需要放羊。

“在家里过六一儿童节其实和平时没什么两样，一样做事情。”13岁的吉巴阿里补充，“这些都是应该做的”。

15岁的陈心明是家中长女，有5个弟弟妹妹，最小的才两岁多。她早已成为家里的“小家长”。儿童节放假到6月5日，陈心明会给妹妹弟弟们洗衣服，去玉米地帮爸爸妈妈除草，有时候做做饭。弟弟妹妹们除了做作业，还轮流放羊，帮家里做些家务。

说起儿童节，陈心明说她几天前参加了学校举行的“六一儿童节”活动，和小伙伴们表演了彝族舞蹈节目。学校里来了好多不认识的叔叔阿姨和爷爷奶奶，校长还给大家发了节日礼物。校长告诉同学，这些礼物来自科学家杨勇伯伯和记者的捐赠。

这段时间，同学们从老师和家长那里得知了村里的“天梯”正在被很多媒体报道。她说，刚开始上学爬“天梯”，特别害怕，弟弟妹妹们还遇到过危险，她现在已经习惯了“天梯”的高度，但还是要爸爸接送才安全。

陈心明和同学们都听说要修路，她很激动，因为这样弟弟妹妹们以后上学就安全了，爸爸就不用那么辛苦了，“心里好高兴”。另一个学生说，他长大了想建一个飞机场，“不用爬山路了，嗖的一声坐飞机就到家了”，他一只手甩开，做出飞机滑行的姿势。

扶贫急与难

2016年5月下旬，时任国务院副总理、国务院扶贫开发领导小组组长汪洋在凉山调研少数民族地区脱贫攻坚工作。汪洋强调，实现少数民族贫困群众脱贫是打赢脱贫攻坚战的难点和重点，要重视解决好制约脱贫的长期问题，确保全面建成小康中少数民族一个都不能少，一个都不能掉队。

从中央到省、州、县的扶贫政策正在落地生根，阿土列尔村的痛和变，折射出了大凉山扶贫的急和难。

阿皮书记说，阿土列尔村并不是因为媒体报道了，才开始研究扶贫工作。事实上，政府一直在帮助村民走出贫困。贫困户某色拉洛说，他们一直能领到政府发放的物资，比如盆子、洗衣粉、大米，甚至勺子、树苗等。

2015年12月，四川省下拨了扶持大小凉山彝族贫困地区整村推进的扶贫资金，分到阿土列尔村头上的有100万元。阿皮书记介绍说，除去16万元用于解决村里的饮水问题，剩下的分别打到了村民的惠农卡上。

2016年1月，阿皮书记和驻村干部经过商讨，考虑到村里的现实和可持续发展需要，决定用剩下的钱办一个养羊合作社，搞山羊养殖。对于村民来说，这意味着要把已经装进口袋里的钱再拿出来，难度可想而知。

阿皮书记说，村里召开了多次村民大会，让村里的党员、村社干部解放思想，再向村里的德古（威望高，通事理，执行彝族习惯法的人）、家支头人（家族里威望高的人）解释，取得他们的支持。最终村民用土豆表决，方案获得高票通过。同意办合作社的有92人、不同意的只有3人。反对者则认为钱还不如发给老乡，让他们缺什么买什么。

帕查有格表示，把合作社的羊分给养殖大户，整合优势资源，新生产的羊羔，分一半给养殖户，还有单独的分红。尽管起初有些村民不同意，但最后他们全部加入了合作社。合作社打算第一批买400只羊，结果选来选去，只选中了60只。“要选肉质更好的，不然没市场竞争力。”帕查有格说，“质量比数量更重要，扶贫要精准，钱也要花得精准。”

而养羊仅仅是阿土列尔村产业扶贫的第一步，村里也在努力转变产业结构单一、传统耕作的方式，比如选择种植市场前景好的脐橙、核桃、青花椒。购买来的1万株脐橙，大多数已由山脚的村民小组种上了，干部们还请来了种养大户手把手地教村民们种植技巧。

“如果只想到扶贫就是给贫困户项目资金，这样是不行的，一定要让他们真正有个长远的发展”，时任驻村干部胡文华说。此外，昭觉县就业服务管理局还针对村里的年轻人专门举办了电焊、养殖、厨师等多项免费的专业技术培训，使大家掌握更多技能，通过自己的双手脱贫致富。

搬迁还是修路

对于阿土列尔村的现状，人们一般归咎于这里的交通。

10年下来，阿皮书记在藤梯上爬了170多次。皮肤黝黑、精瘦的他被当地人称为“猴子书记”。他介绍，实际上，政府对这里的交通问题一直很关注。2004年，当地政府曾规划过修建公路，从雷波县莫红乡到苏朱村，再到阿土列尔村，全程共21公里左右。但最终因地形条件极其复杂，工程建设成本难以负担而搁置。2009年，村里争取了50万的修路资金，因为没办法实施，钱也不够，就放弃了。

时任昭觉县公路管理局副局长袁文彬算了笔账：“测算下来，修条路需要投资4000万元，昭觉县一年的财政收入才1个亿。”更重要的是，昭觉县不通路的村还有33个，为阿土列尔村修路，短期内不现实。即便资金有保障,但是路如何来修,是否会给当地生态环境带来破坏,使用价值到底有多大，这些都需要综合考量。

时任四川省扶贫和移民工作局副局长的刘维嘉说，“十三五”期间，四川将继续加大对凉山的投入。2015年9月，四川省委省政府针对凉山存在的问题，制定了17条政策措施，主要包括增加财政投入解决凉山州重大的基础设施建设、改善农民住房条件，同时加大教育扶贫的力度，充分调动当地群众参与脱贫攻坚的积极性等方面，“变要我脱贫为我要脱贫”。

也有人提出了整体搬迁的建议。但实际上，这里的多数村民都不想搬迁。阿皮书记介绍说，故土难离，从感情和文化上，这一关就不易过。况且农民搬迁出去后生计如何解决？阿土列尔村虽然交通不便，但是气候、环境相对并不“贫困”，这里是全县青花椒品质最好的村子，土豆亩产达到三四千斤，比全州平均水平高出1倍。

阿皮书记承认，阿土列尔村多年来没有一个大学生，也没有高中生。但他对阿土列尔村的前景很有自信，如果能够修好路，2~3年，就可以超过昭觉县任何一个村。

时任凉山州发展改革委主任的赵玉聪提供了一组比阿土列尔村更严峻的数据：该州有40％多的村子海拔都在阿土列尔村之上，有1600多个村位于石漠化严重地区。在凉山州还有很多比这个村更急迫需要搬迁的地方。

凉山州副州长、昭觉县委书记子克拉格说，修公路对政府来说比较难一点，为了一个村投入，财政承担不了。“修路的问题，现在还在调研，但能不能先从最紧要的地方做起？比如“天梯”这段路，没有梯子的地方很危险，我们先拿20万，在没有梯子的地方修缮。”

除了修路和搬迁，也有专家提出了其他构想。比如以龙头山——狮子山——大峡谷为圈打造跨界国家公园，结合发展转型、扶贫攻坚、民生改善、民族进步、生态保护等“一揽子”推进,以大手笔谋划旅游。

杨勇也设想，从阿土列尔村对岸架设一条斜拉索道通往村里，长度大概在1000米以下，投资2000万元，一次可以载20人，对当地群众可以补贴，解决出行和观光旅游的问题。他还认为，原有的“天梯”要保留，这是大凉山人们向大自然求生存的活标本。杨勇不建议为阿土列尔村单独修路，因为修路将在景观上刻上一道永久的伤疤，而且工程难度极大。

在凉山地区从事多年公益活动的人士杨坚对扶贫有自己的看法。他认为异地搬迁在凉山已经形成趋势，和内地的城镇化一样，很多高山上的村落已经搬走了三分之一甚至一半的住户，阿土列尔村也将慢慢荒废，最终交还给大自然。

2016年底之后，凉山州进一步加大了劝学的力度，基本上实现了适龄孩子走进课堂。

夜里，五年级的陈心明躲在房角的床上打着手电学习。

大人下地做农活，一些没有人带的孩子聚集在一起玩耍。

自2016年11月起，当地政府引入一些企业，参与村里产业的发展。村子里开始种植三七、油橄榄等经济作物，带动村民脱贫。

村里的房屋都是土坯房，很多年久失修，亟待改善。

村里的一位母亲从山下赶集回来，把托邻居照看的孩子领回家。因为道路不便，村民在下山赶集的时候，不下山的妇女会帮助其他人家临时照看孩子，这是阿土列尔村互助的一种传统。

阿土列尔村一户人家的午餐，土豆和玉米是村民的主要食物。

因为主人外出打工长期在外，一些房子逐渐被废弃。

上学途中攀爬岩石的男孩。

特土社上下山的路虽然藤梯少一些，但是同样险峻，上下的时间基本相同。

炎热的夏天，村民上下山更为艰难，每次的路途，都是对身体的一个挑战。

跟大人从集市上回来的孩子，都背负着分量不轻的物品。

钢管造“天梯”

叁

当地政府迅速行动，先后投资300多万元，
在专家的指导下，由村民自发出工出力，
以极低的成本，修建了一条从山下通往山上的钢梯，
初步解决了当地村民的出行难问题。

2016年10月底，新"天梯"主体工程完工，后来又陆续修建了半年，把一些薄弱的地方进一步加固，逐步消除安全隐患。

直通到山顶的钢梯，把一处处险峻的道路，变成安全的阶梯。

2016年8月，阿土列尔村开始使用钢管搭建“天梯”，以代替老旧藤梯。

自发参与修建钢梯的村民阳阳，在给钢管喷漆。

2016年11月19日，是勒尔小学放假的日子。再过两天，他们将迎来彝族年。与以往不同，这次放学，20名住在山顶勒尔社的孩子首次攀爬完工后的新“天梯”，更安全地回到家里。

2016年底，投资共1500多万元的勒尔小学开始动工新建。

2018年，建成的勒尔小学新校舍投入使用，勒尔小学也变更为全日制小学，并且是全寄宿制，食宿全免。

吉巴哈干动作敏捷地在钢梯上攀登。他说：“走这个梯子，就不怕了。”

钢梯修通了，妇女们纷纷背着孩子外出赶集回来。过去，为了安全她们几乎不会带孩子下山。

新娘勒尔拉则及送亲的队伍，在山下等候迎亲的男方代表。

在通过105级最长的台阶过程中，新娘勒尔拉则中间休息了两次，她说很多年没爬过这么陡的山了，感觉很累。勒尔拉则是钢梯路修好后，村里迎来的第一个新娘。

新娘勒尔拉则与伴娘们整理服饰。

钢梯解决出行安全问题

2016年8月，钢梯工程开始动工。村文书某色子古算了一笔账：用由2556级台阶构成的安全的“钢梯路”替换掉原来的由10多条藤梯和一段段极其危险的路段构成的“天梯路”，需要约1500根直径5厘米左右的钢管。最长的钢管为6米，用来做护栏；最短的1.5米，铺就脚踏板。此外，还需要固定钢管用的扣件约6000个。

整个工程需钢材约40吨。这约40吨的钢材，即所有的钢管、扣件都需要人力背上山，修到哪儿就背到哪儿。修路是全村人的愿望，一听说要修建钢梯，全村村民都热血沸腾起来，时刻准备着跟随村干部帕查有格大干一场，尽快把路修好。

然而阿土列尔村地势特殊，越往上，山路就越陡峭，村民背着6米长的钢管本就行动不便，稍有不慎就很可能坠入悬崖。帕查有格承担着钢梯修建的督导任务，全程紧随修建队伍。他心中担忧，整晚整晚地睡不着觉。

8月的暑气沿着美姑河峡谷上升。攀爬在尚未竣工的钢梯上，村民每天背着钢管上上下下，疲惫与炎热榨取了他们最后一点精力，微薄的补助也不再能吸引他们，激情仅仅维持了2周多便逐渐消退，村民们便不再去上工了。帕查有格心中焦急，他心知修路的艰苦与危险，但作为基层扶贫干部，他更加担心阿土列尔村未来的发展。他把村民召集起来，开动员大会，并与村支书一起，挨家挨户做思想工作，让村民明白修路是为自己而修，是为了要下山读书的孩子而修。一番劝解之后，村民逐渐理解了书记的良苦用心，都回到了自己的岗位上，继续修建钢梯。

为了尽可能降低施工风险，除根据地形因地修建外，帕查有格还请来了云南昭通的龙德顺师傅做技术指导。龙德顺介绍："按照村里要求，钢梯有一部分建在新路上，和原来的藤梯比，是直上直下的，不像以前的藤梯绕路，这样比之前上山要快1个小时，而且还保留了藤梯的原貌。"他和搭档负责建梯，在山体上打直径2厘米宽的孔，把3厘米的钢筋扎进去，再把钢管焊接，一层一层往上修。钢梯的台阶由两根钢管组成，间距10厘米。龙德顺说："如今喷了防锈油漆，钢梯的使用寿命可达10~20年。"

2016年10月底，新"天梯"主体工程完工，帕查有格悬着的心才终于放了下来。

钢梯修好之后，村里还建起了第一个幼教点，一群3~6岁的学龄前儿童的学习有了着落。他们可以提前接触普通话、简单的拼音与阿拉伯数字，为进入小学做好准备。他们享受到了父辈所没有的教育资源，也成为全村起点最高的一批孩子。帕查有格在考察幼教点时发现，孩子们下午普遍犯困，而幼教点没有休息的地方，孩子们没法睡午觉。

在广东佛山对口支援凉山的工作组到来时，他专程邀请工作组领导去看望了幼教点的孩子们，提出了当下的困境。随后，一批新制的木床陆续进入了幼教点。孩子们第一次在幼教点睡了午觉，下午精气神足了，放学后甚至都不愿意回家，因为学校的床实在太舒服了。2017年9月，在社会各界的帮助下，幼教点换上了蓝色的桌椅，崭新的黑板旁边还多出了一台电视机，孩子们在这简陋的教室里，眼里闪出了幸福的光。

走这个梯子就不怕了

“悬崖村”的故事被广泛传播后，村里孩子们的变化最明显。教育专项资金和社会资金总共投入1500多万元，将山下破旧的勒尔小学，建成了全县硬件和师资力量最好的小学。从不足200名学生到528名学生，学校的教学质量迈入全县前列，每年有近一半的毕业生考入全县最好的初中。在保证了阿土列尔村所有适龄儿童入学的基础上，勒尔小学也接纳了周边其他乡镇，甚至有从周边美姑县和金阳县慕名而来的生源。

2016年11月19日，是勒尔小学放假的日子。再过两天，大家将迎来彝族年。上午8点，老师在操场组织学生集合，300多名学生拎着早已收拾好的书包蜂拥至操场，这里包括20名住在山顶勒尔社的孩子。这次放学，孩子们将首次攀爬完工的新“天梯”，更安全地回到家里。

除节假日外，勒尔小学原本每到月中与月末都会给孩子们放假。如今，学校出于安全考虑，规定以后只有在彝族年和寒暑期才会放假。18日，学校通知家长，第二天上午9点可以来接孩子，陈古吉与另两名家长8点就来到山下。学校里，校长组织孩子们站好队后，与老师一起将学生们带到家长所在的位置。

这是新"天梯"修好后，他们第一次回家。最开始是没有扶梯的山路，陈木黑双手背后、扶着背包，孩子们也不过多交流，低头行走，每到有平台的地方后会集中休息。半小时后，到达第一节钢梯。较小的陈木黑慢慢下蹲前倾，先用手抓住梯子，再手脚配合往上爬，姐姐陈心明在一侧照顾他。被问累不累时，陈木黑点头，问到怕不怕，他摇头说："不怕。"陈木黑一直走在队伍最前面，爬梯子时手脚并用但轻松灵活，看到空中飞着的小鸟停在路上，还会跑着追过去。

陈心明觉得路变漂亮了，也好走了。新修的钢梯从山腰向峡谷方向开始改道，可以看到更多雄伟的峡谷景观。在钢梯路最险峻的一段，还修建了一个平台，供人休息、避雨和遮阳。

11岁的某色拉作称，此前山上常会掉石头，现在的梯子像楼梯，不仅有手抓的地方，心里也觉得踏实，起码不会担心掉石头，也不担心踩在小石子上滑倒了。

上午11点，孩子们爬上最后一节钢梯，到达村子。新钢梯下面是此前老旧的、最长的一节藤梯，如今没人走动，更为破旧。在整个爬山过程中，孩子们话都不多，但问起感受，"安全了""速度快了"，是他们几乎每个人都提到的关键词。

爬新梯的彝族新娘

新娘勒尔拉则蹲坐在石头上，低头、闭眼、皱眉，双手捂住脸，唇色发白。她刚爬完一段长约10米的钢梯，梯子近乎垂直固定在山体上，四周是高山，脚下是悬崖，头顶上则是阿土列尔村。

2016年11月9日，勒尔拉则像往常一样早起，开始拖地、煮饭。快到中午时，她才停下手中家务。父母为她佩戴新买的银饰，换上彝族婚服：镶边上衣的衣袖，胸襟有金、红、紫、绿等几种颜色的彩线绣的花纹图案，下身为多层色布拼接成的百褶裙，长可曳地。

在两年前的一场婚礼上，经朋友介绍，勒尔拉则与当时25岁的小伙俄地曲莫相识。虽然两人在不同的城市打工，但闲暇时候经常视频聊天。2016年1月，俄地曲莫向勒尔拉则求婚，勒尔拉则一口答应。他们特地把婚期定在11月9日。11天后就是彝族年，在外打工的亲朋好友都会回家过年，人多了热闹。

下午3点，在5名伴娘及10多位男亲友的陪伴下，勒尔拉则乘面包车，到达通往阿土列尔村的山脚下。按照彝族婚俗，新郎俄地曲莫只能在家里焦急等待。山路上，勒尔拉则脱下事先精心穿好的长裙，手脚并用向上攀爬。她是新“天梯”修成后，村里迎来的第一位新娘。

尽管已经有了心理准备，但对于新娘和她的亲友团来说，翻越这道“天堑”仍困难重重。勒尔拉则说，她从没有走过这么难走的路。前半段路程陡坡较多，穿着裙装、脚踩高跟皮鞋的勒尔拉则与伴娘们，靠臂力与腿劲儿踩着石头，爬上近90度陡坡曲折的山路。进入钢梯后，由于下了两天冬雨，原本坡度就大的小路变得泥泞，钢梯扶手冰冷冻手，姐妹们每走10分钟就需要停下休息。

新娘勒尔拉则一路上只羞笑不说话，和伴娘们相互搀扶。约五分之一的山路后，她们喘着气，被迫暂时脱下裙装。3个小时，爬过千级钢梯，汗水打湿了勒尔拉则的头发和面颊，“妆都花了”。

接近村口，勒尔拉则与伴娘再次套上裙装，跺了跺沾满湿泥的高跟皮鞋，披好羊毛披肩。送亲的家人们列队步入新郎家。双方喝了交杯酒后，新娘与伴娘齐坐床头。新郎俄地曲莫微醺，说起婚后打算，他说“要对妻子好，照顾好她”。

阿土列尔村仍保留着“不落夫家”的习俗。举行了婚礼的姑娘，不论年龄大小，仍要居住在父母家，并且暂时无法与丈夫同居一张床。热闹过后，勒尔拉则与5个伴娘挤在一张双人床上入睡。伴娘杨雪花心疼新娘，“原本说新娘每次上山，我们都要陪她，现在山路难走，我们可能再也不上来了，以后的路，要她一个人走了。”

而这个曾经娶妻困难的村庄，在此后短短4个月的时间内，连续嫁进了6个姑娘。

最需开发的是人力资源

根据2016年昭觉县委宣传部提供的资料，昭觉县总人口30.8万，彝族人口占98.1%，是全国最大的彝族聚居县。该县农作物以土豆、苦荞麦等高山作物为主，是典型的高寒山农牧县，也是全国扶贫开发工作重点县。

该县宣传部一名副部长说，昭觉县在2014年全省175个县区经济综合评价中居倒数第五。目前，县里统计贫困户1064户，贫困人口46467人。按照昭觉县的发展规划，将确保每年减贫48个村、9300人左右，2019年全县整体“摘帽”、贫困人口全部脱贫。

子克拉格表示，国家对昭觉县一年支持20多个亿，县里财政收入才1个多亿，“我们自己没到百分之十”。脱贫，肯定从人的素质提高开始。开展教育、移风易俗，最终靠培育产业，加强基础设施建设。

一位参与凉山扶贫的NGO组织负责人表示，关注凉山、自发来凉山搞公益的人很多，每年有一两千万的慈善资金投入昭觉县，但是当地还欠缺对接平台、协调机制、鼓励措施。

当前凉山最需要合理开发的是当地的人力资源。现在大量的当地青年没有任何职业技能，处于劳务市场的最底层。一位长期关注大凉山扶贫工作的学者认为，跨越贫困线以后并不代表就不贫困了，凉山地区要赶上中东部地区还要几十年甚至更久。他从阿土列尔村的情况分析，要脱贫就必须提高凉山地区的人口思想文化素质，发展基础教育、全民教育，创造改变的条件和机会，扩大再生产能力。

光速进化的“悬崖村”

比拥有自然资源更值得一提的，是阿土列尔村抢抓机遇的本事。党和政府以及各方爱心人士的关心关爱，已使阿土列尔村获得了越来越高的关注度。在藤梯换钢梯之后，凉山州和昭觉县，迅速将电力、4G、Wi-Fi信号覆盖全村，使全村从几乎是煤油灯的时代直接进入了电灯、电饭煲、冰箱、洗衣机时代；同时，地方政府又积极与旅游开发公司联系，为阿土列尔村开发旅游业打下了基础。

2017年6月23日，通信铁塔在阿土列尔村建成，盼望了10年，这里终于实现了通讯信号无缝覆盖。随着网络宽带的进入，阿土列尔村也逐渐打破了往日的闭塞，开始与外部世界交流，村民的自身意识也在迅速转变。

慕名而来的全国乃至世界各地的游客逐年增加，年均游客达10万人以上，阿土列尔村成为国内著名的网红打卡地。从2016年底有了第一个小卖铺、第一家农家乐，到2020年发展为十几个小卖铺和十几家农家乐。村民们也从不会说普通话，到几乎人人都会和来自全国各地的游客进行交流。

某色伍哈是村子里第一个开小卖部的人。第一个月他挣了2000元，那时候东西都是人力一点点扛上来，现在山上修复了苏八姑水电站货运索道，免费用于村民生产生活物资的运送。因为运货成本降低，原来一箱啤酒卖120元，现在卖60元，降了一半，小卖部的收益还不如第一个月，而同村也开起了其他两家小卖部。不过某色伍哈并不紧张，他盘算着未来旅游开发以后，更多的客流会给他带来更多的利润。

以往，乡土社会的生活靠的是经验。村民们不必按需要去计划生活，因为发展过程中，自然会替他们选择出一个足以依赖的传统的生活方案。然而现在，就像大家开始为了营养选择食物，村民们也会按照已知道的手段和目的去计划他们的行为。就像费孝通所说：“从欲望到需要是社会变迁中一个重要的里程碑。”

种核桃、种花椒、养绵羊、养蜜蜂……即将进入旅游开发中的阿土列尔村，没有人愿意搬下山去，每个人都在努力想办法找致富的门路。以前，都是从山下买了东西背到山上来。现在，大家想的是怎么把山上的酒、花椒、核桃，卖到山下去挣钱。

不过村委会认为，种植、养殖只是村民增收的一个方面，发展旅游，才是阿土列尔村脱贫的关键所在。2018年1月13日，川投集团、成都天友旅游产业股份有限责任公司共同出资成立四川川投天友“悬崖村”文化旅游开发有限责任公司，计划投资6.3亿元打造山地度假旅游目的地。这是个让所有人振奋的恢弘设想，一种竞争气氛已潜移默化地充盈在阿土列尔村。

与此同时，一批年轻的小伙子，做起了网络直播。某色苏不惹、某色拉博在快手上发布关于“悬崖村”的视频，在镜头中带领粉丝攀爬钢梯，体验惊险刺激的感觉。某色拉博还被冠以“悬崖村飞人”的称号。除了发布生活视频外，某色苏不惹平时还会直播带货，在网上销售特产，将蜂蜜、脐橙、核桃、青花椒通过网络销往全国。

村民某色瓦哈激动不已地说：“几乎每天都有游客前来，爬钢梯、走田园、赏村景、吃农家乐，多的时候有一两百名。”村民某色拉洛办起农家乐；放羊娃某色拉博也成为一名旅游向导，月入3000余元……当地村民的“转型”可谓各显神通。

村里的贫困户们，凭借政府发放的帮扶手册及身份证，领取了每户3000元的异地搬迁捐款。

2017年6月，3个助农取款金融服务点在阿土列尔村落地，移动电信4G光缆也已牵到山顶。

2016年11月，阿土列尔村幼教点。这里主要接纳4~6岁的孩子，为他们将来进入小学做准备，同时也为家庭减少了育儿负担。2017年，幼教点重修，条件得到进一步改善。

村民们一边聚餐，一边直播。

在2016年11月钢梯建设完成后，村里有了第一个小卖铺。

2017年10月6日，陈日莫在背负生活用品上山时，遇到一名来自成都的9岁男孩。男孩与父母来此体验生活，对于同样大的陈日莫背负20多斤重的物资上山，他觉得不可思议。

2017年10月3日，一个来自成都的游客用绳子拴着儿子从阿土列尔村下山。

"悬崖村"不止一个

肆

凉山彝族自治州共有19个"悬崖村"，
其中哈甘乡瓦伍村瓦伍社
与支尔莫乡阿土列尔村勒尔社、特土社连成一片。
这里地质灾害频发，大部分村民仍是深度贫困户，
当地政府已将三社纳入精准扶贫"易地搬迁"规划。

从空中俯瞰三个“悬崖村”，从左至右依次为阿土列尔村特土社、勒尔社和瓦伍村瓦伍社。

被云雾笼罩的哈甘乡瓦伍村。

从家赶往学校途中的陈龙。

幼教点租用的是村民一间带围墙的土坯房，班里有14个4~6岁的孩子，其中8个男孩，6个女孩。

FASHION
45

在幼教点门口张望的小女孩。

课堂上，孩子们跟着老师陈龙大声学习普通话。

陈龙在教室里查看孩子们学写汉语拼音字母。

陈龙手把手教孩子写新学的汉语拼音字母。

瓦伍村的孩子们放学回家。

瓦伍村的一对父女攀爬着藤梯，爸爸紧紧贴着年幼的女儿，小心保护着。

阿勒五达扛着两根6米长重80斤的钢管，从崖壁上通过。雨季，村民们自发修复腐烂藤梯，架起钢梯，对坡路进行平整。

瓦伍社自发参与修钢梯的年轻人。

天气从暴晒到下起中雨，却丝毫没有影响阿勒曲体和伙伴们的施工。

俯瞰瓦伍村瓦伍社，村里的房屋大部分是临崖而建。

瓦伍社，悬崖峭壁上修建好的钢梯。由于每年雨季，山上常有滚石落下砸到钢梯，因此需要村民经常修复和维护。

俄拉日戴着自制的防护罩查看他的蜂箱，散布在村子周边山崖、岩石、峡谷里的36个蜂箱，是父母留给他最值钱的财产。

俄拉日的弟弟俄吉几和妹妹俄石机在山上的家里。

俄拉日兄妹三人经常一起做农活。

前往地里劳作的俄拉日。

兄妹三人和村里其他人家一样，一天吃两顿饭，早上10点多和晚上7点多各一顿，有时吃土豆、玉米，有时吃米饭，想吃肉了就杀自己养的鸡，或者割一块过年腌的腊肉。

俄拉日在花椒树上砍下高处的树枝，收割花椒。

瓦伍社来了男幼师

2016年11月13日早上7点，22岁的昭觉县哈甘乡克苦村人陈龙，带着一袋梅干菜出发了，他是哈甘乡瓦伍村瓦伍社幼教点的老师。"瓦伍"是彝语中"四面悬崖"的意思，瓦伍社是凉山彝族自治州现存的19个"悬崖村"之一，有120多户人家，700多人，80%以上为贫困户。

瓦伍社与勒尔社被一个宽200多米、深800米的大峡谷分开，南北遥相互望。瓦伍村通向外界有两条山路，都非常险峻，有些路段是几乎垂直的悬崖，需要借助藤条、钢索才能上下。

陈龙选择了其中一条相对安全的路，从家里到学校需要4个多小时。另一条险峻的路，是从悬崖开凿而成。接近山顶的村庄，要攀爬4段藤梯。这条路是村民上下山常走的路。一般情况下，如果不背负物品，脚力好的村民，大概一个半小时能从山下走到山顶。

幼教点租用的是村民一间带围墙的土坯房，屋里坑洼不平的黄土地面上，摆放着两排塑料桌椅，班里有14个4~6岁的孩子，8个男孩，6个女孩。教室距崖边只有几十米，崖下是数百米深的大峡谷，崖边没有任何障碍物。为保证安全，陈龙不允许孩子走出院子。放学时，必须由家长把孩子接回家。

天气早已开始转凉，阴冷潮湿的教室里，孩子们穿着单薄，冻得直抽鼻涕。课程主要是汉语拼音字母，学说普通话和简单的英语。由于孩子们不会说普通话，教学时，陈龙要先用彝语来解释，然后再教孩子们用普通话读写。每教一个字母，他都会手把手带每个孩子写几遍。

上课时，顽皮的孩子会钻到桌子下面爬来爬去。陈龙并不着急，蹲下来，头探到桌子下，和孩子轻声用彝语交流，扶起孩子，并帮忙拍拍对方身上的泥土，然后继续上课。他说："我刚来两个月，孩子们很多的习惯需要慢慢养成。"

在凉山州2016年春季学期开始实施"一村一幼"计划前，高中毕业的陈龙，如果在自己村里当代课教师，月收入不足千元。由于凉山地区很多村落交通不便，条件艰苦，"一村一幼"招聘教师要求按户籍、专业、学历、普通话水平等级依次优先聘用的原则。因为瓦伍社没有符合条件的教师，陈龙户籍所在地相对较近，就被分配到这里，月工资2000元。

陈龙每周上5天课，通常周日或周一到校，周五回家。遇到雨季下山危险，他索性不回家，等到下一周继续上课。他每日两餐，吃的是从家里带的玉米面和梅干菜，偶尔会受邀到村民家里吃饭，夜里就住在教室里一张单人弹簧床上。

选择在瓦伍社这样艰苦的地方教学，是因为陈龙知道："孩子们如果不读书，将来会有多难！"

天梯护工

阿土列尔村修好钢梯之后的2017年，瓦伍社也开始修建钢梯，就在钢梯铺设工程进行到大约三分之一路段时，瓦伍社被纳入整村易地搬迁规划。为避免资源浪费，钢梯建设就此终止。

钢梯路修建终止后，两年来，在村干部的组织下，村民们每年都要对上山道路进行修整。最令大人们放心的是，村里所有适龄儿童都在山下学校寄宿，山上的幼教点也从土坯危房改造成彩钢房，至少孩子们上学的风险最大限度地降低了。

2019年六七月开始，当地进入了一年里雨水最多的季节，通往瓦伍社的道路被雨水冲刷后变得更加危险，几处藤梯腐烂加剧。为此，村干部召集村民商量解决方法，最后决定对安全隐患比较大的路段和腐烂的藤梯进行维修。

在2017年钢梯修建终止后，山下还堆放着一些没有使用的钢管，长度从1.5米到6米不等。维修的路段需要将10~40斤一根的钢管从山下背到山上，但是村里大部分是老人和孩子，年轻人大都出去打工了。村里在附近打工的几个青年在得知修路的事情后，立刻赶了回去，再加上村里一些40~60多岁身体硬朗的男女，总共十多人，自愿加入了修路队伍。

参与修路的青年阿勒五达说，虽然平时背百斤的米面上山不在话下，但是钢管的平衡太难掌握，扛起来特别难走。扛两根6米长的钢管，需要3个背负能力强的青年轮换才能完成。有时一个人扛，前后两人保护；有时两人扛，一人负责沿途保护。

这些青壮年此前参与过钢梯修建工程，技术都比较娴熟，安全意识强。24岁的阿勒曲体修钢梯经验丰富，现场钢管的布置、加固，主要由他来指挥完成。修路的村民，要从早上9点开始，工作到傍晚8点多，接近天黑，才能收工。阿勒曲体说，他早上出发时就吃点土豆，直到晚上收工才回家吃一天的第二顿饭。连续工作十多个小时，村民们都只喝水，不吃饭。

牢固就是安全，无论哪个细节都马虎不得。阿勒曲体说此前他参与修建的钢梯路，没有哪个工程队愿意修，工人自身的安全、施工的难度、物资运输的难度都是工程队难以应对的，最后都是村民自发在专家的指导下进行修建。

休息的时候，阿勒五达打开他的手机进行直播，与粉丝分享修路体验。阿勒五达说，村里有几个青年都有自媒体账号，大家会通过快手等平台来分享自己的生活现状，同时推销村里的原生态农产品，从而增加经济来源。

道路维修终于完工，村民用钢梯替换了4段腐烂的藤梯，并对一些雨水冲刷后的危险坡路进行了平整。阿勒曲体说："我们要保证这条路的安全，直到全村易地搬迁的那一天。"

时任瓦伍村支部书记的少马克以介绍，在搬迁前，村民还要往返走这条路，所以安全上必须要保障。即使将来村子整体搬迁了，山上的土地全部退耕还林，种上经济林，还是需要村民轮流上去照看，等到收获的时候再运下山。

傍晚，修路接近尾声，忽然下起一场大雨。不一会儿雨停，天气放晴，瓦伍社周边的峡谷云雾升腾，与天上的白云连成一片。在现场直播的阿勒五达对粉丝说："这就是我的家乡，虽然悬崖路不好走，但是我舍不得失去她。"

瓦伍社的孤儿三兄妹

2019年8月1日，哈甘乡瓦伍村瓦伍社，18岁的俄拉日戴上自制的防护罩，准备查看放置在山崖、岩石、峡谷里的蜂箱。

2016年、2018年，俄拉日的父母先后因病未能得到及时抢救而去世，哥哥此前已分户，并结婚生子，俄拉日和弟弟、妹妹3人成了失去双亲的孤儿。俄拉日带着9岁的弟弟俄吉儿和7岁的妹妹俄石机一起生活在父母留下的一间土坯房子里。俄拉日说，去年妈妈去世后，自己和弟弟、妹妹每人每个月可领到800元孤儿补助金，今年自己已到18岁，不能再领。

俄拉日2016年小学毕业后就没有再读书了，原因是爸爸去世了，妈妈身体不好，家里缺少劳力，15岁的俄拉日就辍学在家参加劳动。俄拉日说，住的房子是父母在他出生的时候盖的，房子现在到处漏雨。“每年要修补很多次。经常外面下大雨，里面下小雨。” 俄拉日从小就背东西上下山，15岁的时候能背六七十斤重的东西。兄妹三人一天两顿饭，早上10点左右吃饭，晚上七八点吃，早上吃土豆、玉米，晚上吃大米。

现在，俄拉日靠自己种玉米、花椒，养蜂来过活，其中主要收益来自养蜂，父亲给他留下了36个蜂箱。玉米、土豆都是口粮，剩余的用来养鸡。花椒、核桃能换钱，但花椒种植得少，一年收入也不足千元。

俄拉日的蜂箱分布在村子边缘的山崖边以及村子西侧的古里拉达大峡谷，春夏季，各种鲜花铺满山崖，很多都是天然草药，营养价值高。36个蜂箱一年可以出200斤左右的纯野生蜜。不过遇到天气不好的时候，只能收几十斤。俄拉日说，每年10月20日开始收割蜂蜜，前后需要大约一个月的时间。

以前纯天然的蜂蜜虽然品质好，但销售渠道不行，200斤能卖1万元就不错了。去年俄拉日开始通过直播平台推销蜂蜜，但因为产量不稳定，收入增加不多。他打算今年收割蜂蜜的时候用手机直播，也许能够打开销路。挣来的钱自己用一部分，给弟弟、妹妹存一部分，为将来做打算。

俄拉日也想出去打工，但是弟弟妹妹还小，需要自己照顾，走不出去。另外，听说将来要搬迁到昭觉县城，每人按25平方米分配。俄拉日已经交了1.1万元，其中1万元是新房配套家具的费用，1000元是搬迁保证金。搬迁后要自主拆除旧房，如果不拆除，政府就用保证金作为拆迁费用雇人来拆。

俄拉日说自己一半想搬到县城里住，因为弟弟妹妹读书、医疗方便；一半不想搬到县城里住，因为县城处处要花钱，连喝水都要花钱，县城里又没有地种，没有蜂养，没有收入来源。还有一个原因是山上的风景好，空气好，生活自由自在。

俄拉日的担心也是村里老人普遍担心的问题。子克拉格表示，村民进城后，孩子的教育条件、村民的医疗条件等，都会得到巨大改善。同时，政府会有一些岗位培训和就业安排，有劳动力的家庭，可实现就业；没有劳动力的家庭有各种生活保障。另外，对于搬离的村落，可集中发展经济林，村民可轮流回来看守。子克拉格说："随着扶贫措施的惠及，搬迁时也意味着整体脱贫，未来村民们的生活只会更好。"

特土社少年的贫困生活

阿土列尔村勒尔社因为媒体的关注而发生改变，但瓦伍社和特土社依旧鲜为人知，这两个“悬崖村”都存在同样的困境：一方水土无法养活一方人，大部分处于高危的地质灾害区，上下山的道路艰险程度不可思议，连生存都极为艰难。

特土社在三个连片“悬崖村”中海拔最高，落差达1000米，而且道路最曲折，需要通过峡谷的岩壁不断曲折攀升，危机四伏。我以当地村民同样的速度行进，用了接近4个小时攀登到山顶。烈日下气温超过40摄氏度，汗水浸湿了全身。

路上，我们遇见了背冰箱上山的吉克果木、吉克拉者和吉克九里三人，他们年龄都在30多岁，冰箱是一个北京游客通过网购赠送给吉克果木的。冰箱被一人背负，两人前后协作，不断轮换。我们到达村里大约是下午4点，等他们背着冰箱到村里时已是夜里10点。

在特土社，村里几个拿主意的人建议我去看看这里的贫困学生家庭。正值暑假，白天去贫困家庭找学生比较困难，这时正是挖土豆、收割四季豆、摘花椒、收玉米的季节，他们几乎都是一早跟着大人到山上的田地、林地里参加农业生产或放牧。到了傍晚，孩子们才陆续返回家里，有的女孩放下背回的作物，又跑到灶台前，和妈妈一起洗菜、生火、做饭。

13岁的吉克伍哈和17岁的哥哥吉克史局是同班同学，哥哥之所以17岁才读初二，是因为当年弟弟读书的时候年龄小，吉克史局为了陪读照顾弟弟，入学晚了几年。

他们的爸爸70多岁，妈妈2014年去世，两个哥哥结婚分家，姐姐出嫁。吉克史局以前在寒暑假期间去过广州打工，做电子产品，每年打工两个月，除了吃住和路费，能余2000多元。兄弟两人没用过手机，连一双像样的运动鞋都没有。

吉克史局说，现在寒暑假他基本都回到山上，边种地边照顾爸爸，爸爸身体越来越不好，能陪一天是一天。“如果爸爸不在了，我就辍学，打工供弟弟上学”，他说。

在勒尔小学当后勤管理员的村民吉克以洛说，“特土社有十多户家庭都是像他们这样的状况，而且每家有每家的难处。这些孩子特别苦，也特别想读书，如果有人能帮助他们，让他们能够安心在学校读书，这一代人就更有希望了。”

少年群像：

吉巴伍呷，11岁，二年级。吉巴伍呷患有小儿麻痹症，双手抓笔困难，但她聪明，学习刻苦，在班里的成绩数一数二。吉巴伍呷上下山都需要大人接送。她的手无法扶钢梯，只能由大人用绳子拴住腰，一路提着走。

俄地曲坡，13岁，六年级，班里的学习委员。他的爸爸几乎失明，妈妈患有严重风湿。暑假期间，俄地曲坡摘花椒、挖土豆、收玉米，承担了很多地里活。他将来想考大学，当老师，他说：“老师从很远的地方到我们这儿教书，我也想体验一下。”

7岁的吉克布作和妹妹吉克尔作从地里捡完土豆后回到家里，吉克布作打算9月到勒尔小学入学。

吉克布且，10岁，在勒尔小学读三年级。暑假他会跟大人下地干活，每天回家带一身土。

13岁的吉克史布、10岁的吉克日布和8岁的吉克史三兄弟三人都在勒尔小学读书。暑假期间，他们负责放羊，挖土豆、摘花椒等。

俄地有呷，11岁，四年级。暑假期间，他和哥哥、妹妹一起帮妈妈摘花椒，他的爸爸在山东的建筑工地打工。

吉克曲牛，11岁，五年级。暑假期间，她除了做农活、家务，还帮助亲戚带孩子，她和哥哥吉克曲布都在勒尔小学读书。

9岁的吉克伍只和两个哥哥吉克洋付、吉克子付。大哥读初中，二哥读六年级。家里主要生活来源是爸爸在勒尔小学做后勤管理每月2000元的工资。

11岁的吉克呷呷和8岁的妹妹吉克阿英，做喂猪菜。姐妹两人在勒尔小学读三年级和二年级。

13岁的吉克史马和16岁的姐姐吉克史拉在家里做饭，吉克史马在勒尔小学读四年级，姐姐考上了昭觉中学。

某色日布，14岁，六年级。他的妈妈去世了，现在和爸爸生活在一起。暑假期间，他除了下地做农活，还帮爸爸背土特产下山赶集。

7岁的吉克子付还没有上学，他拿着石子在猪圈上的水泥平台上写字画画，这些都是跟哥哥姐姐学来的，他计划9月开学时到勒尔小学读书。

特土社村民家中最常见的土质灶台。

勒尔社，吉巴伍呷，11岁，二年级。

勒尔社，俄地曲坡，13岁，六年级。

特土社，13岁的吉克伍哈和17岁的哥哥吉克史局。

特土社，7岁的吉克布作和妹妹吉克尔作。

特土社，13岁的吉克史布、10岁的吉克日布和8岁的吉克史三兄弟三人。

勒尔社，俄地有呷，11岁，四年级。

特土社，吉克曲牛，11岁，五年级。

特土社，吉克史拉，16岁，初一。

特土社，11岁的吉克呷呷和8岁的妹妹吉克阿英。

特土社，9岁的吉克伍只和两个哥哥吉克洋付、吉克子付。

勒尔社， 某色日布，14岁，六年级。

易地搬迁的担忧

2015年8月，特土社所靠的山峰，发生大面积滑坡，山上滚下的大量巨石，有的直径达两层楼的高度，所到之处，房屋和田地尽毁。所幸特土社大部分房屋是临崖而建，村里预警及时，除了十几间房屋和几十亩田地被毁，没有发生人员伤亡事故。但是，山上的滑坡体并不稳定，近几年时常有小规模滑坡发生，这让村民颇为担忧，生产和生活也受到严重影响。

令村民担忧的还有近年来野生动物的侵扰，种下的土豆、成熟的玉米，常被成群的野猪大面积破坏。帕查有格说，经常有十几头结群的野猪，见到人也丝毫不怕，所到玉米地像被车辆碾压过。村里还出现过黑熊，每年至少有十几只羊被其捕杀。另外就是猴患，这一带有十多个猴群，数量在200只以上，每年的八九月玉米成熟的时候，猴群最为活跃。

当地彝族习俗，不会捕杀动物，只会驱赶和避让。野生动物横行，村里的孩子下地和上下山大人都会陪伴左右。自然的困境，让村民努力向外发展。此前，有村干部告诉我，特土社特别重视教育，过去勒尔小学就设在特土社，2014年以后迁到山下307国道旁。在几个"悬崖村"里，特土社村民的观念相对开放得多，他们希望孩子们能够接受教育，走出大山。

走出去的人摆脱了贫困，而留下来的人，依旧生活艰辛。特土社被纳入易地搬迁规划后，村民最担心的是进城后如果没有土地种植，生活来源无着落，日常开销怎么办?

帕查有格说，目前易地搬迁点的6所配套学校在建，一些针对移民的配套产业也在规划中。但是，全县易地搬迁人口体量大，要解决好所有人的生计问题任务艰巨。搬迁后，村里会把闲置的土地用来发展经济林，扩大花椒、核桃等经济作物的种植，采取合作社的形式，由村民轮流照看，所产生的效益反哺给村民。另外，大部分村民劳动力解放后，一部分有劳动力的村民可以通过政府安排的技能培训，在县城从事配套产业项目的种植、养殖工作以及打零工。

只有通过易地搬迁，孩子们才能到教学条件更好的学校读书。从现在开始让孩子们接受良好的教育，才是这些"悬崖村"乃至大凉山发展的希望，也是脱贫乃至未来可持续发展的最好措施。

13岁独臂女孩的假期

2019年的暑假，我们见到了13岁的吉克史洛。吉克史洛出生的时候就没有左手小臂和左手掌。她在山下的勒尔小学读书，马上上六年级。

吉克史洛家是精准扶贫建档立卡户，为深度贫困家庭。爸爸吉克打日现在是一名护林员，负责两个“悬崖村”的林场看护。为便于工作，他长期住在山下307国道旁，一个约9平方米的出租房里。出租屋离勒尔小学大约500米。吉克史洛的妈妈于2017年11月因病去世，哥哥远在外地打工，17岁的姐姐吉克曲洛小学毕业，下学期要到昭觉县就读初一。吉克史洛还有个弟弟，叫吉克陈英，10岁，下学期在勒尔小学读三年级。

帕查有格说，过去，特土社的悬崖路非常危险，安全起见，村里的老人和孩子一般不会下山。孩子们爬“天梯”上学的事情被报道后，勒尔社修建了钢梯，特土社的道路也做了修整，在最危险的地段增加了钢梯和钢索，相对安全了很多。

特土社目前有66户居民，现在大部分家庭留守的都是老人和孩子，身体壮实的中青年大部分外出讨生活了。因为村里缺乏劳力，特土社的孩子一般到五六岁就开始做家务，干农活。吉克史洛5岁就能帮助家里人做家务，虽然左手残疾，但她还是学会了各种劳动技能，比如做饭、洗衣服、带孩子、挖土豆、收割四季豆等。

吉克史洛至今去过最远的地方就是县城，对于将来搬进城里，她感到很开心，因为这样上学就方便了很多。但她也喜欢山里，在这里可以和很多孩子玩老鹰抓小鸡的游戏，可以爬树，还有地种，可以养活自己。吉克史洛在学校里是个好学生，学习成绩一直在班级排名前几，她说将来想考大学。

特土社，村里的孩子和他们的玩具。

在废弃倒塌的土坯上玩耍的村民。

吉克史洛从地里背回50多斤重的四季豆回到家，在叔叔的帮助下卸下来。

暑假期间，吉克史洛和弟弟从地里挖红薯回来。

暑假期间，吉克史洛不干农活的时候，或者傍晚休息的时候，就帮着照顾叔叔的孩子。她说自己特别喜欢抱小孩，小孩很可爱。

村里大人带上吉克史洛和弟弟一起下山。换了衣服的弟弟高兴地戴上了自己唯一的玩具——奥特曼面具。

告别“悬崖村”

伍

“悬崖村”的搬迁，

是深度贫困地区易地扶贫政策的典型样本，

是“全面建成小康社会，不让一个人掉队”

扶贫理念的具体体现。

2020年4月27日，12点左右，在政府工作人员的引导下，阿子日哈某进行抽房。

2020年4月27日，昭觉县体育场内的宣传标语，一些等候抽签的村民在草坪上小憩。

参与抽签的1200多名精准扶贫户代表在抽房大会上。

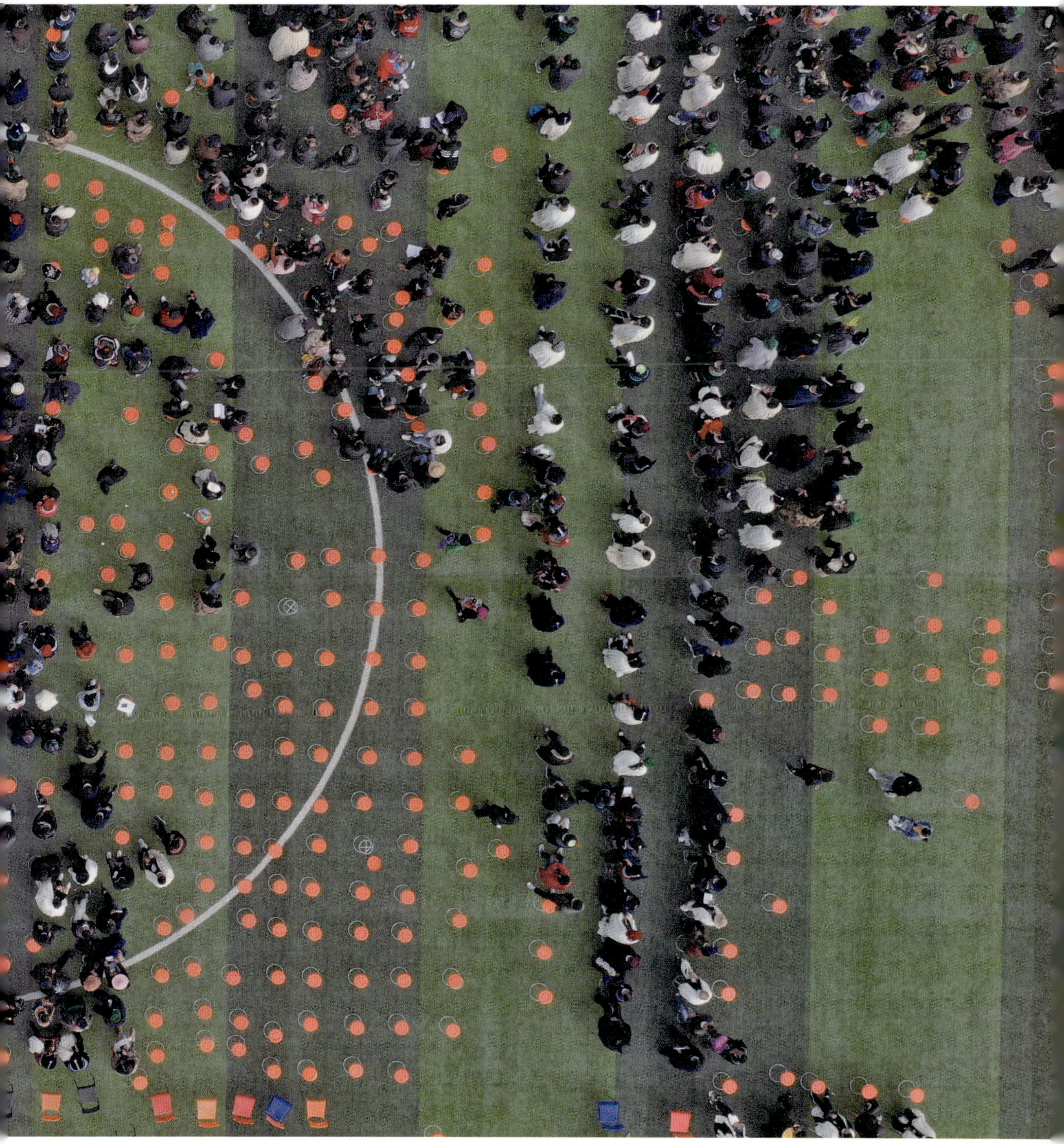

独具彝族建筑特色的安置点。

山顶平台上，建成了一座精品酒店。

2020年5月13日，精准扶贫户们背着装有生活必需品的背篓顺着钢梯下山，然后坐上车驶向4个集中安置点。

2020年5月14日，勒尔社某色伍哈一家，开启在新居的生活。

从土坯房到彝族特色的现代住宅

2020年4月26日10点左右，71岁的村民阿子日哈某喂完家里的鸡和猪后，换上了只有节日才穿的彝族新装，从海拔1500米的家里出发，和同村的一部分村民会集到山崖边，顺着被阳光照得亮闪闪的陡峭的钢梯，小心地往下走。一些年轻人在她前后关照着，3个多小时后，他们到达了山脚下。

27日，勒尔社和特土社的84户精准扶贫户4人以上（包括4人）的家庭，将参加在昭觉县体育场举办的精准扶贫易地搬迁安置点100平方米房型的抽房大会。阿子日哈某作为家庭的代表，参与抽房。为此，她提前一天下山，借宿在山下的亲戚家，以便第二天在大会规定的时间赶到现场。

另外，一个来自四川省内的爱心组织，得知阿土列尔村精准扶贫户分房要人均支付3000元费用（4人以上1万元封顶），便联系支尔莫乡政府，为84户精准扶贫户户均捐赠4000元，以缓解贫困户压力。为此，全村84户精准扶贫户大部分下山参加爱心捐赠仪式。

阿子日哈某一家有5口人，按照相应政策，她将分到100平方米的住房，只需自筹1万元，加上政府补贴一部分，用于新房5件套家用设施的购置。5件套包括沙发、电视、洗衣机、电视柜和茶几，另外，加上各级政府捐赠的4件套，即衣柜、碗柜、两张床等。搬迁时，从旧房携带简要的物品和一些食品，即可入住。

6点，在村干部的带领下，阿子日哈某和其他乡邻搭乘汽车，驶上从峡谷蜿蜒穿越的307省道，经过大约两个小时的路程，到达昭觉县体育场外的集合地点。这段道路，在每年雨季的时候，泥石流频发，经常出现山体塌方阻断交通的状况，即使不是雨季，也常有飞石落下，当地司机从来不轻易在沿途停车。

9点，昭觉县体育场外就聚集了上千人。当天，和阿子日哈某一样，参与抽签的精准扶贫户1200多名代表来自昭觉县28个乡96个边远山村。本次共分发1200多套房，依照公开、公平、公正的原则，让搬迁居民以抽签形式抽取住房。

前一天，也就是26日，这里举行了1人户到3人户的精准扶贫户代表抽房大会，房型包括一人户25平方米、二人户50平方米和三人户75平方米三种。

100平方米是针对4人及4人以上户分配的户型。由于是在土地资源相对稀缺的县城周边安置，所以超过4人也按照4人来安排住宅面积。

12点左右，在政府工作人员的引导下，阿子日哈某走到写有“100平方米户型抽取箱”的箱子前，利落地抽出了一个信封。工作人员打开封口，抽出一张住房抽签号单，上面的数字显示"1-16-4-1"，工作人员解释说，这是1号安置点，16栋4层1门，问道"抽到新房子高兴吗?"阿子日哈某欢喜地说"太高兴了，做梦一样"，引起了周边一片笑声。

26日和27日举行的昭觉县精准扶贫易地搬迁安置点抽签分房大会，涉及四个安置点，4057套安全住房，其中安置了贫困户3914户，超1.8万人。这也是四川省最大的扶贫易地搬迁工程。

阿土列尔村84户精准扶贫户安置点位于昭觉县城附近的城北乡谷都村、城北乡普提村两个地方。包括阿子日哈某家，大部分住户被安置在1号安置点的小区。

小区里一共有36栋楼，按单元楼的形式，在现代化和街区式的设计基础上，添加了黄墙灰瓦、斗拱设计和窗帘等线条装饰，独具彝族建筑特色。而2号安置点还有社区活动中心、幼儿园、社区医院等，同时分区域设置了中心花园和健身等娱乐设施，可以满足搬迁群众就近就医、子女就学和文化活动等需求。此外，在搬迁入住之前，这里实现了通水，通电和通信。

帕查有格说，村民搬迁入住后，安置点的行政管理，还有卫生治理等后续发展工作由县里面来统筹，并会增设一些保洁、绿化等公益性岗位。另外，由于现在暂时处于过渡阶段，涉及搬迁的乡镇，会抽调人员来做社区的管理。经过村民们一段时间的习惯养成后，最终实现社区化物业管理。

5月13日，阿土列尔村勒尔社安排精准扶贫户易地搬迁到县城安置点，阿子日哈某从此告别居住了71年的土坯房。对于阿子日哈某一家进城后的生活、就业安排，帕查有格说，因为"悬崖村"旅游已具雏形，人气非常旺，下一步将升级改造基础设施，这样，村里的一些青壮年可以留在村子里面搞旅游接待，老人、小孩进城居住和就学，日子只会越来越好。

告别落后“悬崖村”，再造旅游胜地“悬崖村”

“悬崖村”勒尔社因拥有很高的知名度以及独特的自然景观，被昭觉县纳入了重点旅游规划序列。结合旅游业的推进，村里的青壮年通过双向选择，将留在村里参与旅游开发。

2020年5月10日，子克拉格表示，目前，围绕“悬崖村”周边的特色旅游项目已陆续推进，一些项目已经建成，并开始接待游客。

帕查有格告诉记者，在阿土列尔村之上的大平台，有原始森林，可俯瞰云海、可濒临古里大峡谷、可远眺金沙江。他说，等搬迁完成，下一步，就是要发展大众旅游，对现在的部分坚固的土坯房进行升级改造。对室外进行加固，对室内进行装修，同时还要配套水冲厕所和洗浴间等。只有改善条件，才能把游客留住。如果一些高端游客想要更深入的体验，就可以在专业登山协作员的带领下，走两条险峻的道路，经过五六个小时，到达大平台上的精品客栈。

几年后，高速公路将通到这里。这几年把前期工作做到位，将来公路一通，必然会带来一个旅游井喷。此外，村民们也可以回来再就业，把彝族居民的传统风俗完整保留下来，更能增加旅游体验的丰富性。

作为凉山州旅游规划设计者之一的杨勇表示，这些“悬崖村”地形多元、民风淳朴、物产绿色、景观独特，周边有龙头山、白草坡、天坑群、金沙江大峡谷和温泉群分布，资源富集度高，完全具备建设国家公园的条件。而正在建设中的宜（宾）攀（枝花）高速、乐（山）西（昌）高速、西（昌）昭（通）高速将大凉山腹地众多精华旅游资源环绕并串联了起来，为旅游发展带来了机遇和条件。

帕查有格说：“我们正在告别一个落后的‘悬崖村’，未来将再造一个旅游胜地‘悬崖村’。告别一个落后的‘悬崖村’，是因为它是我们脱贫攻坚必须要啃下的硬骨头。脱贫攻坚完成之后，随着产业的进一步发展，基础设施的进一步提升，我们将带领‘悬崖村’通往乡村振兴，再造一个美丽富裕的‘悬崖村’。”

达体的客厅

在27日的抽房大会上，某色达体抽了一套100平方米的新房子。当天晚上，他邀请了村里的人，杀了一只百十斤的小猪庆贺。平时滴酒不沾的他喝了大概半斤苞谷酒。只见他脚下站立不稳，身体明显摇晃起来。这时，醉醺醺的同村中年人某色阿场递过来一杯酒，两人相互搀扶着才不至于跌倒。这杯酒下肚，某色达体被乡亲架着放在床上。第二天，醒酒后的他几乎不记得这些细节，他说：“自己高兴，从来没喝过这么多酒。”

某色达体的妻子巴科阿里讲，2017年初，她家开始做起了农家乐。有的客人喜欢喝苞谷酒，而且执意要和主人共饮一杯。为了不让城里来的客人扫兴，某色达体就偶尔陪上喝两口，就这样一来二去，才开始有了点酒量。

作为“悬崖村”勒尔社第一批做旅游的村民，某色达体家位于南北长约1000米、落差200多米的台地的中部，而且几乎和上下山的钢梯入村口高度齐平，所以从钢梯登上来的疲惫不堪的游客不用再耗费多大的气力，就可以走到他家。

钢梯修通后，几乎没有外人进来的勒尔社迎来了一波又一波客人。到访过某色达体家的人，大部分歇个脚就起身下山了。也有些实在饿得不行的游客，将就着吃点热情的某色达体做的迎客饭。其间，很多游客建议他把卫生收拾收拾，搞个农家乐。经过考虑，2017年初，某色达体对土坯房进行了基本改造，开始接待游客。

2018年初，某色达体根据游客的建议，再次对家里进行了升级改造。有了钢梯后，从山下背东西容易多了，他和村里的壮劳力，从山下背上十几袋每袋100多斤的水泥，修了一个20平方米的小平台，还建了全村第一个冲水厕所。

如今，某色达体家已经是游客留宿的首选。不过，包括在小平台搭帐篷，他家的接待能力也不超过10人，大部分游客被分流到其他家庭里。

县里、乡里、村里把某色达体的农家乐作为示范在全村推广。如今，全村大部分家庭都具有了旅游接待能力。即使因缺乏劳力不做农家乐的家庭，卫生收拾得相比以前也有了天翻地覆的变化。某色达体因为卫生条件和农家乐接待得好，被评上了全县清洁家庭，还光荣地登上了县城的领奖台。

通过农家乐的示范作用，勤劳聪明、人缘好的某色达体在村里的威望也越来越高。他家的客厅几乎是村里的中心，经常聚集有活跃的村民，这让他很满意。

网红直播界

2020年4月30日3点多，雨后的阿土列尔村雾气腾腾。拉儿推开木门，把装有手机的自拍杆伸出去，宛如仙境一般的景观通过手机屏幕被传播至外界，他用一贯夸张的声音喊道："家人们，看，我们的'悬崖村'风景多美！家人们，没有关注主播的赶紧加关注，主播'悬崖村'熊二会每天向你分享不一样的生活！"

各种赞叹和点赞在屏幕上滚动不止，一些人送上打赏，拉儿表情夸张地连连道谢。在兴奋中，一天生活就此开启。拉儿背起背篓，和带女儿的妻子打了招呼，然后对着自拍杆的手机继续直播。他一边走一边介绍田地里的玉米苗、花椒树、橘子树等，并对网友的提问一一作答。

拉儿今天下山是接几个通过直播预约到访的成都游客，从5月1日到4日，每天都有人预约来探访"悬崖村"并住在他家，每次他都要去山下接客人上山。

走到了天梯，拉几说："家人们，现在开始带大家体验钢梯，我们以前读书特别不方便，读书要得爬特别危险的藤梯。那个时候学校没有寄宿条件，钢梯修好后，山下也建起了好大的一个学校，让孩子们高高兴兴、开开心心地上学。现在多好，书包、铅笔、作业本这些都不需要花一分钱去买，我们以前读书，连个书包都买不起。"

在爬钢梯的过程中，拉几非常熟练地介绍着钢梯的过去和现在，以及自己的经历。一些网友看到拉几边攀爬天梯边直播很感动，有的当场打赏，让拉几为家里添置东西，比如小猪娃、板凳、桌子等。一个多月前，还有一个豪气的网友资助拉几买了一台洗衣机。拉几买了洗衣机，背上了山，这是他家第一次用上洗衣机。从购买到使用，拉几全程直播，让粉丝一起感受他和妻子使用洗衣机时的快乐心情。

除了自己的日常生活，拉几还把直播的视角扩展到全村，比如谁家结婚办喜事，谁家有困难，拉几都通过自媒体直播平台与粉丝分享。

通过网络直播，人们了解到了"悬崖村"村民们的生活，也会给拉几刷一些礼物鼓励他们。而拉几则会将一半的打赏送给村里的孤寡老人。他说："我们都有变老的那一天，帮助他们就是帮助我们自己。"

目前，村里做自媒体直播的有十多个人，他们的粉丝也从几千到几十万不等。这些村民通过直播也获得了一些收益，例如，有人曾收到了网友3万块钱的打赏，指定他买一辆二手车做运输；有人则收到了7000元的打赏，买了一大一小两匹马……

易地搬迁后，大部分直播的村民迁入了县城。一个20多岁的小伙讲道，自己除了12号当天直播了搬迁过程后，已经有3天没有开直播了。"现在条件改善了，我们需要自己去努力工作，不能再依靠别人的帮助了。当前的任务是收拾好房子，然后找一份工作。"

拉几则认为，村里的人虽然少了，但“天梯”还在，城市里的叔叔阿姨们还是愿意来这里忆苦思甜的。另外，村里的旅游开发开始启动，他要想想新的自媒体直播思路。

而同村的阳阳搞直播，走的就是另一条路子。他在直播中专门向大家介绍“悬崖村”的土特产，并以此来进行推销。搞直播之后，阳阳家的蜂蜜和核桃每年都销售一空。

“以前我以为，我们离外面的世界很远”，村子里的一位主播说，“现在才知道，其实也就隔了一个手机屏幕的距离。”

俯瞰某色达体的家。

前往县城新房子前，某色达体好好打扮了一番。

某色达体与妻子背着简单的行李，前往新家。

搬进新家的夫妻二人，高兴得合不拢嘴。

在村里直播的吉克拉者，他患有唇腭裂的孩子曾得到网友的救助。

拉几向网友分享自己的新家。

后搬迁时代

陆

易地搬迁不易，

而搬迁之后的生活更加不易。

怎样适应城里生活，找到挣钱的途径，

是“悬崖村”村民面临的另一难题。

2019年8月6日，9岁的吉克石里在家门口抱着一把放羊时摘来的花。

2020年5月15日，搬进县城的新家，吉克石里在属于自己的新房间里起舞。

2016年5月14日，俄地有三（前）和弟弟及同学在放学回家途中坐在藤梯上休息。

2020年5月16日，俄地有三在昭觉县城的新家里，他觉得在县城生活很不错，房子好、上学方便，还有他最爱的篮球场。

2020年4月29日，阿子日哈某在“悬崖村”的家。

2020年5月14日，阿子日哈某在昭觉县城的新家。她说，新房子好，她像是做了一场梦。

2016年6月5日，吉克比古和妻子地木子阿木站在被崩塌的山体巨石砸坏的家前。

2020年5月13日，吉克比古和妻子地木子阿木以及孙子们在昭觉县城的新家。

2016年6月5日，某色伍哈背着沉重的玉米在路边休息。

2020年5月14日，某色伍哈在新家的小区里散步。

2016年5月14日，在山下勒尔小学读书的拉作放学回家。

2020年4月，过完周末，拉作下山进县城上学。她每周五回家，周日中午就要往学校赶。一个月后，拉作搬进了县城的新家，新建的学校距家只有200米。

勒尔社的孩子放学爬藤梯回家的情景，在2016年11月钢梯修建完成后彻底消失。

2016年11月，孩子们第一次爬钢梯回家。

一步千年的山乡巨变

“很多村民天一擦亮就在打包行李，等到太阳完全升起了，钢梯下山的入口那儿就涌满了要下山的人。等到搬家队伍走远了，大家开始一步三回头……”帕查有格回忆道。

2020年5月12~14日，阿土列尔村的84户贫困户共344人搬离了世代居住的村庄。村民们用竹筐装着自己的孩子和行李，走向昭觉县县城内的新家。搬迁房基本已经达到了拎包入住的状态，屋内不仅有统一的简装修，还有政府捐赠的包括衣柜、碗柜、桌椅和大小两个床在内价值5000元左右的家具4件套，以及电视、洗衣机、电视柜、茶几、沙发5件套。搬迁房的购置标准是人均3000元，户均1万元，也就是说每户居民最多自筹1万元，就可以住进新家。阿土列尔村居民入住的沐恩邸社区还有配套建设的活动中心、幼儿园、医院、篮球场等服务设施。

阿土列尔村的易地搬迁，无疑是云端上的巨变。搬家对于村民来说，不仅仅是从山上故土搬到县城新家，更是告别了这面悬崖、这道“天梯”及祖祖辈辈流传下来的生活方式。尽管对于曾经的岁月多有不舍，但新生活却吸引着大批年轻人纷纷投入。历经4年的脱贫攻坚战，阿土列尔村实现了“一步跨千年”的转变。

易地搬迁不易，而搬迁之后的生活更加不易。怎样适应城里的生活，找到挣钱的途径是村民面临的另一难题。帕查有格一直在思考一条村民未来彻底脱贫、实现乡村振兴的道路。他认为：“扶贫从来不是送一点东西，或者帮助贫困户修建房屋，一定要激发村民的内生动力，调动他们的自主能动性，实现‘要我脱贫’到‘我要脱贫’的自主转变，这才是最重要的。”

利用得天独厚的自然条件，阿土列尔村开始了经济作物的种植以及畜牧业的发展，政府花钱购买了一批脐橙树苗，带领村民种植脐橙。2020年，第一批脐橙树挂果，村民某色尔布种植的脐橙已经全部售出，有了一笔不小的收入。除了种植脐橙，帕查有格还带领村民种植了一批油橄榄树，到2020年，第一批油橄榄也已经全部采摘完毕，等待加工售卖，油橄榄树管理员某色苏不惹还身兼数业，养着100多只羊，同时还进行网络直播带货，售卖“悬崖村”特产。

为了继续扩大就业，彻底解决搬迁之后村民的生活问题，昭觉县县政府还投资建设了涪昭现代农业产业园，这是昭觉县扶贫攻坚产业带动的一个示范点。涪昭现代农业产业园占地面积5000亩，其中智能化玻璃温室中培育着花卉、蔬菜、水果等经济作物。村民来此工作，一个月有大约2000元的收入。此外，政府还投资建成了九如生态草莓种植园，种植面积高达3000亩。草莓种植园可以由当地居民承包种植，大大提高了村民的积极性。一大批外出务工者开始不需要外出奔波，在家就能就业、创业。

除此之外，彝族文化也发挥着重要的经济作用。在当地社区，政府成立了绣工坊，在保留彝族传统文化元素的同时，也在不断寻求创新。绣工坊积极与北京服装学院合作，设计具有彝族文化的卫衣、围巾、衣服、袜子，力求让传统与时尚擦出火花，延续彝绣的生命。在当下设计的彝绣品中，一双带有彝族文化元素的袜子绣成之后可以赚16元，大部分绣娘一个月可以有五六千元的收入，甚至还有绣工较快的绣娘一个月可以赚到上万元。彝族绣娘们用指尖描春夏、针尖绘秋冬，让彝绣变成了一大产业。

政府还组织开办了一批专业技能培训班，使村民们掌握了电焊、厨艺等技能，拓宽了他们的就业门路。一些在此之前只会做"坨坨肉"的村民，经过培训也学会了做川菜。结合未来当地旅游的发展，进行自主创业，开一家属于自己的小餐馆已完全成为可能。

消除贫困是全世界的难题。2015年，我国发出了扶贫攻坚的号令，中央庄严承诺："绝不丢下一个贫困群众，2020年实现全面小康。"这承诺产生的巨大力量和变化，都浓缩在"悬崖村"脱贫攻坚的道路上。"悬崖村"是集聚全国力量与智慧成功脱贫的典范，共产党员帕查有格带领村民艰难摸索出了一条脱贫致富的道路。"悬崖村"百姓相互扶持的团结精神、战天斗地的藤梯精神，让他们用自己的双手改变了命运，也实现了"悬崖村"的山乡巨变。

城里的孩子比我还勤奋

17岁的某色拉作，是村民某色达体的小女儿。

2014年，10岁的拉作跳过一年级，直接从二年级开始读书。她每天要步行3个小时到临县的乡小学上学，在天还漆黑的时候就得在大人的护送下爬藤梯下山，这是村里很多孩子正常的上学年龄——太小，就爬不动上下山的藤梯。

2019年，勒尔小学送走了第一批毕业生，30多个毕业生有一半考入县城最好的中学，拉作以第一名的成绩考入昭觉中学。

如今，某色达体和分户的儿子都分到了县城100平方米的精准扶贫易地搬迁安置房。某色达体说，让在县城学校寄宿的女儿拉作住进县城的新家，让妻子进县城陪伴，他会留在山上参与村里后续的旅游开发，继续做农家乐，将来供女儿读上大学。

特土社一直有重视教育的传统，很多家庭从孩子很小就到县城租房带孩子读书，特土社出过大学生、研究生，甚至博士，而勒尔社没出过大学生。

拉作说，现在哥哥、姐姐经常跟她讲，一定要好好读书，上大学，姐姐说“没有文化，苦日子就没有尽头”。拉作说，现在爸爸妈妈特别内疚，因为穷，没有让哥哥姐姐好好念书。

父亲开民宿后，家里常来一些陌生的叔叔阿姨，在和拉作的闲聊里，他们总离不开这三个话题：外面的世界很精彩；好好学习，走出大山，回报家乡；不要在意自己的年龄。

关于年龄的话题，游客们说得多了，拉作反而在意了，她偷偷打听班上女生的年龄，“她们大多只有十三四岁，而我已经17岁了”。拉作年龄最大，个子也最高，有同学有意无意说起，看她的样子，已经有18岁。这让她一度情绪低落。

拉作的烦恼，除开年龄和个子，还有自己的“不合群”。“城里的同学什么都懂，初中多了很多新科目，他们有基础，学起来很快”，而拉作在小学，只有三个科目——语文、数学、彝文。就连她引以为傲的，能和外地游客顺畅交流的普通话，和城里的同学相比，都带着浓厚的乡土味。

拉作说，她以前是个大大咧咧的人，但刚进初中时，她一度因自卑难以融入环境，“第一学期时，我在班上基本都不说话”。她也很少向家人倾诉，因为在父母眼里，她还是那个以优异的成绩，考入县中学的女儿，优秀是她的标签。拉作说，有时她也很怀念在勒尔小学的日子。

晚上宿舍熄灯后，拉作发现，还有同学打着手电在看书，常常人都睡着了，手电还亮着。她心里很慌，比她条件好得多的同学，居然比她还勤奋。

她怕自己学习不好，给父母丢脸，让对她寄以希望的人失望。“他们（游客）常给我说，只有好好学习，才能走出大山，去大城市生活，自己的下一代，才有更好的未来。”

提起“大城市”，拉作能想到的，就是像北京一样的所在。那是她唯一去过的大城市。大约在2017年，受电视节目邀请，拉作和陈心明去了一趟北京。“出发前一晚，她们兴奋得睡不着觉，很早就起床收拾东西”，拉作只在书上看过北京，但真的到达时，她还是被深深地震撼了，“看了很多高楼，吃了很多没吃过的东西，见了很多特别的风景，感觉非常好”。

那也是拉作第一次坐飞机，她把脸贴在舷窗上，“我们飞在云朵上面，地上的房子都变成了小格子”，她对陈心明说，“这太美，太奇妙了”。她怕她再也没有机会去领略“大城市”的风光了。

和拉作经历过相似烦恼的，还有她的朋友陈心明。

“和拉作一样，刚进城时，我也不敢说话”，17岁的陈心明说，“家里卫生条件很差，比不了县城”。学校的生活，肯定要比村里好得多，单说吃的，“在家里一天只吃两顿饭，在学校可以吃三顿。”但陈心明说，她还是更喜欢在家里的日子，作业做完了，帮爸妈放羊、除草做家务，累是累点，但人很放松。“班上的同学，跟我弟弟陈木黑一样大，在我看来，都是一群小孩子”，陈心明说，“一想自己马上成年了，还在读初一，想着想着也会掉眼泪。”

陈心明说自己特别感激小学时候的一位万老师。万老师叫万朝辉，他曾经是勒尔小学的支教老师。陈心明二年级的时候，有次跟同学吵架后哭得特别厉害，爬上了旁边有高压电线的学校围墙上说不想读书。学校马上给她爸爸陈古吉打了电话，陈古吉想到孩子要攀爬陡峭藤梯本来就很危险，也就同意心明不读书了，结果万老师还是凭着耐心把父女俩劝住，让她留下继续读书。

节假日放学回家的孩子里，只有陈心明喜欢在家务之余躲在黑黢黢的床边看书写作业，不做家务不看书的时候，她会一个人在玉米地里拔出收割过的玉米秆用力扔出，会说对面那些山没有云的时候像是拼音的“呜”（w），也像是拼音的“喂”（v）。她说她的语文没有数学好，因为拼音学得不好。

不过，经过近一年的过渡后，拉作和陈心明对新环境的不适感，正在减退。期中考试，拉作成绩非常差。她的同桌，一个从县城小学毕业的孩子，帮她做了一个学习计划表，带着拉作每天完成一点，到期末时，她的成绩比期中提高了许多，这让她体会到了，除开竞争以外，同学之间的互助和友谊。

拉作说，她现在变得爱和同学说话，在课堂发言了。她发现，她不算标准的普通话，并不会给她带来嘲笑。

拉作的最后一点“自卑”，也因家里在县城抽到新房这事而消散。她同学的家大多在县城，即使在这里租房的，也有亲人陪读，拉作曾经很羡慕“他们每次周末都能回家，都能见到家人”。而现在，拉作觉得，自己在这里也有家了，有了立足之地，她和其他同学，并没有什么差别。

拉作和父亲谈过她未来的打算，她不想去大城市，她想当一名老师，回家乡，回勒尔小学教书，“我是从这走出去的，我还想回来”。她说，即使以后“悬崖村”的孩子都进城了，她还是想留在这里。她希望，自己能攒一些钱，把爸爸送到大医院，治好困扰爸爸许多年的偏头痛。

“如果当不了老师，我还可以学旅游专业，以后回来开发‘悬崖村’”，拉作说，“外面的世界挺好，但我就是特别喜欢这里”。

吉克九里的烦恼

2014年，结婚后的吉克九里按彝族传统和父母分了家，也分了户口本。他们一家和父母在2017年都被纳入了精准扶贫户序列，按相关政策，父母作为两人户可以分到50平方米的住房，而吉克九里一家可以分到100平方米的住房。但因为种种原因，在房屋分配申报名单里面，吉克九里和父母仍旧是按没有分户的政策，被纳入到了一个家庭，最后分得了一户100平方米的新房。

吉克九里说：“这一套房子，要不是我们住，要不是我父母住，但是我不可能和父母抢，他们都已经70多岁了，留在山上不方便。”特土社里和吉克九里家情况相似的还有弟弟吉克伍雷家，当地政府表示，目前已经将增补材料递交到县里，等后续的精准扶贫接续政策到位，力争为他们尽快予以解决。令吉克九里烦恼的，除了房子的问题，还有他的小儿子陈伍雷。2019年，儿子在家里生出来时，妻子大出血，3天后脱离危险，儿子又发高烧。他背着儿子下山，进昭觉县医院，医院诊断后，建议他抓紧转到西昌的医院救治。在西昌市的医院住了10天，花了2万元的费用，孩子才被抢救过来，但现在已经1岁多的陈伍雷还是不能正常发声和坐立。

如今的吉克九里也会在自媒体平台上做直播，现在拥有3.6万个粉丝。网友在得知孩子的病情后，纷纷建议他抓紧带孩子看病。很多爱心人士给孩子捐了款，有的还专门为他联系了大医院的知名专家。

2020年5月4日一早，因为要下山带孩子到成都看几天病，天刚蒙蒙亮，吉克九里便准备动身去打水。只有把家里人畜用水都打满，他才能放心离开。

村里曾经用自来水管从山上引水到村民家，但因为水源枯竭，自来水几乎常年断水，村民们不得不自己背着取水桶，到最近的水源地取水。

吉克九里把两只可装入70公斤水的塑料油桶系在一匹1岁多的马背上，自己再背着一个塑料油桶。妻子则背着儿子牵着马，一家三口一起到几公里外的水源地取水。吉克九里的家在村里距离水源地算是比较近的，往返一趟要40多分钟。家里每3天取一次水，每次往返3趟大约取水600多公斤。过去没有马，他和堂弟一起背水，一背就是半天时间。

2016年5月底的一次山体滑坡，造成了村里3户家庭的房屋被巨石砸毁，其中就包括吉克九里一家。幸好预警得早，除了房屋和牲口被巨石碾压，人都及时逃脱了出来。

地灾之后，吉克九里及父母在乡亲的帮助下，搭了个四面透风的木头棚。后来在政府的帮助下，他们拿到了3万元的补贴，重修了一套无主的土坯房，这才算安定下来。

除此之外，野生动物的频繁出现也困扰着村里人。2020年5月3日，一群十几只的野猪，把吉克九里家三分之一的红薯地都毁掉了。吉克九里说，村民从来不伤害动物，最初用狗来撵野猪，最后野猪连狗也不怕了，经常大摇大摆成群结队来扫荡庄稼。来破坏庄稼的还有大群的猴子，尤其是在玉米成熟期间。不过最令大家恐惧的是黑熊的出没，村民家常常有羊被黑熊掳走。

对此，村里只好让青壮年排班驱赶动物。吉克九里说，现在村民陆续搬迁离开，剩下的人越来越少，这些动物就更加肆无忌惮了。而且，他们也很孤独，孩子读书、看病、生活都会越来越难，所以他期待着早日能分到自己的房子。

新身份的兴奋与彷徨

最近，瓦伍村的俄拉日决定辞去工作，回村里暂居一段时间。回家前，他约了几个同村的朋友，一起去县城的歌厅，痛快地喝了一场酒。其间，他唱了一首《父亲》，送给自己几年前去世的爸爸。那晚，他几乎把嗓子都唱哑了。

喝酒唱歌，是彝族人表达情绪的方式，但嫌消费太高，俄拉日和朋友很少去城里的歌厅，除非有重要的事情宣布。俄拉日说，喝了那场酒后，他的头疼了两天才好。

父母相继去世后，当时16岁的俄拉日成了一家之主。在几乎与世隔绝的环境里长大的俄拉日，对山下的世界、山下人的生活，一度充满向往，甚至夹杂着一些嫉妒。他很多次设想，如果不住在村里，他们兄妹三人也许就不会成为孤儿。他们的母亲由于突发的高血压不幸去世，“在山下的话，妈妈就能救过来”。逃离山里的念想，贯穿了俄拉日的童年。

18岁后，迫不及待的俄拉日，终于可以将这个念想付诸实际。他打算和村里的年轻人一起出去打工，挣钱多少不重要，他就想看看山外的世界。村里的风景一成不变，十几年来，每天看峡谷里云起云落，看太阳上山下山，外来者眼中的美景，他看得心烦。但受疫情的影响，很多打工的人都回村里种地了，俄拉日也未能如愿去城里打工，这让他很失望。

他没走的原因还有一个，10岁的弟弟俄吉儿和8岁的妹妹俄石机，在山下的勒尔小学读书。他要是走了，奶奶就更累了。最终，俄拉日打消了出去打工的念头。

俄拉日曾悲观地想过，他的下半辈子，可能会像父辈们一样，在大山里度过。他没料到的是，下山的日子会来得那么快。如今，俄拉日一家和瓦伍社的精准扶贫户们，一起离开了村子，住进了县城易地搬迁的集中安置点。

变化过于激烈的人生境遇，让俄拉日产生了像在做梦的感觉。当房子钥匙交到俄拉日手上时，他的疑惑才被彻底打散。他相信了，曾心心念念的“城里的生活”，自己现在就身处其中。

俄拉日在县城的新房，走路到城中心只要20分钟。经人介绍，俄拉日在一家宽带安装公司上班，工作内容是安装和维修宽带。每月工资约2000元。活多时，有1000元的绩效奖，一个月能拿到约3000元。俄拉日虽然只有小学文化，但动手能力强，跟着师傅学了几天，就能独立操作了。

有爱心人士还送了俄拉日一台二手笔记本电脑。当干惯了农活的粗糙手指，按在狭小的键盘上时，他联想起电视剧里的“商务人士”

的样子，这让他感觉有点违和。

每天上班、下班、回家，在固定的日子领工资，宽敞的街道代替了泥泞的山路，规划统一的楼房代替了低矮的土坯房……进城之初的俄拉日，对新环境充满了新鲜感。不过，兴奋之余，一点微弱的不适感，也不时在他心底隐现。

有时候，俄拉日觉得有点孤单。他算了一下，进城之后，他和朋友们就很少见面了。“大家住在不同的地方，难再聚了。大家都要上班，要干活。”俄拉日说，感觉大家忽然都忙起来了。他有点怀念在村里的日子，“那时我们一起干活，一起玩，一起喝酒聊天。”

进城之后，俄拉日每月固定花销至少一千多元，“现在还没交过水电费和物业费，只算了自己吃饭的钱。”在彝族风俗里，人情花费也是一项重要开支，遇到红白喜事，少的送一两百元，关系近的会更多一些。每个月两三千元的收入，虽然够用，但除开花销和人情，也存不下钱。如果以后接弟弟妹妹进城念书，压力会比较大。

俄拉日有时嫌工作忙，故障报修，需要随叫随到，有时要干到晚上八九点以后才收工。而工作清闲时，他也心慌，因为活少了，意味收入也少了。他觉得，他还没完全适应上班的生活。相比上班，他更喜欢和土地打交道，虽然干农活更累一点，但有忙有闲，时间很自由。

俄拉日曾给弟弟妹妹许诺，他站稳脚跟后，就把他们接到城里上学。在此之前，他们将暂居在瓦伍社，由已成家的哥哥照料。但什么时候才算站稳脚跟，现在俄拉日心里也没底。

前段时间，俄拉日看到村里的一些年轻人，开通了视频和直播账号，有了不错的收益。2019年8月，瓦伍村上过一次新闻，之后有一些爱心人士联系过俄拉日，甚至专程到他家拜访。他们从俄拉日那里购买了蜂蜜、核桃等土特产，想通过这种方式支持他。客人多了，俄拉日还专门建了个微信群，把蜂蜜产蜜、收割的过程分享给大家。前不久，还有客人向他咨询，问他今年还卖不卖蜂蜜。这两件事联系起来，俄拉日眼前一亮，面前的，或许是条新路子。

“以前蜂蜜是背到山下卖，被商贩压价，一斤50元都卖不上”，但微信网友说，他的蜂蜜“天然、原生态”，至少要卖200元一斤，并纷纷订购。俄拉日对未来的规划愈加明确：回家，做电商，卖蜂蜜、核桃、花椒……在歌厅唱完歌，和城里的朋友们告别后，俄拉日回到了村里。

之后，俄拉日大部分时间都在山上，戴上自制的防护罩，查看放置在山崖、岩石、峡谷里的蜂箱。他乐观地预测，今年的蜂蜜会有一个好收成。这些蜂箱分布在村子边缘的山崖边和峡谷里，春夏季节，这里开满各种鲜花，很多是天然草药。爸爸留下的几十个蜂箱，一年可以产出200斤左右的蜂蜜。

蜂蜜大概10月底开始收割。但已有不少老客户向俄拉日支付了定金，提前预购。俄拉日估算，这波蜂蜜卖完，收入不比他在城里上班低。在城市的便利和压力，老家的自由和贫穷之间，俄拉日似乎找到了一条平衡之道。除了卖蜂蜜，他还有很多土特产生意可以做。蜂蜜收割前，是花椒的采摘季。这些在村民们看来稀松平常的作物，被网友打上“天然、有机”的标签，成了村子里的热销货。

俄拉日说，自家种植的肯定不够卖，他想通过网络渠道，把村里其他人家的花椒也卖出去。最近有网店找到俄拉日，提出合作，“希望联合村里的几个主播，一起推瓦伍社的农产品。客人们到网店下单购买，利润大家分成。”花椒收完后，又该到核桃收获的时节……卖完核桃后，俄拉日的土特产生意迎来淡季，他也将回到城里。

他想在城里找一份时间相对自由的工作，生活稳定后，再把弟弟妹妹接进城读书。奶奶年纪大了，病也多了，住在城里，会让他更放心一些。有时候，俄拉日觉得自己还很年轻，因为年轻，“什么都可以试一下，成功了最好，失败了，也不会有什么损失。”有时候，他又觉得自己已足够成熟。父母不在后，他就是这个家的主心骨，他的决定，会直接影响一家人的未来。

“进城过日子，进山干活”，在俄拉日看来，可能是一个不错的选择。

留在山里的外乡人

陈古吉见证了阿土列尔村的变迁：从人迹罕至的崖上小村，到每年十几万游客到访的“网红景点”；村民从刀耕火种看天吃饭，到举家搬迁进城生活……然而让他略感遗憾的是，他并不属于这部变迁史的一部分。

当邻居纷纷下山后，他成了极少数留在村里的人之一。陈古吉说，他之所以没能搬走，是因为他的户口不在这里。陈古吉的家乡本在昭觉县龙沟乡阿里米村瓦西社，与特土社的妻子俄地有洗结婚后便定居在了阿土列尔村。过去村民成群结队爬钢梯，现在大部分时候则是他一人孤独地在攀爬。而同样孤独的，还有陈古吉进城上学的三个女儿。

陈古吉的大女儿陈心明和二女儿陈日只以全班第二名和第五名的成绩，从勒尔小学考进了昭觉县最好的中学。姐妹两人每周五下午4

点从县城搭车，经美姑大峡谷70多公里的险要山路，大约3个小时到达山脚下，然后再爬1个多小时的钢梯到山上，走20多分钟后才能到家。到了周日中午，大女儿和二女儿就要动身返回学校。此外，三女儿陈惹作也在县城另一个中学上学。

除了路途遥远，孩子进城读书，支出也一下子增加了很多。以前在勒尔小学读书是全部免费的。陈心明说，自己上的初中是寄宿制，每学期的费用是2500元。她和妹妹平时在学校里除了买作业本，一分零钱也舍不得花。同学们有各种课外辅导书，对学习帮助很大，她们却舍不得向家里要钱买。陈心明说："家里挣钱不易，我们读书给家里增加了这么大负担，心里不好受，更不应该多花一分钱。"除了学费，她们最大的开支就是坐车费，每周一次来回，一个人大概要120元。

因为报道，陈古吉的几个孩子得到了外界一对一资助。这些爱心人士知道孩子的学费和一日三餐加寄宿费都已由国家解决，便定期或不定期捐助100~1000元，希望能给孩子们增添零食、学习用品和衣服。此外，大家还会主动求购陈古吉的农产品，包括蜂蜜、核桃、花椒。

2016年下半年，陈古吉学会了采蜜。他把死掉干枯的金丝楠截成六七十厘米长的木段，两头一封，做成了8个蜂桶。去年他共收了200斤蜂蜜，其中80斤送给了亲戚朋友，剩下的120斤卖给了想要蜂蜜的爱心人士。

2017年，他把蜂桶增加到27个，把它们放在村里27个地方收集蜂蜜。"但不会27个蜂桶都有蜜，有不少是空的"，陈古吉说，蜜蜂不是他养的，都是纯野生迁移的。冬天因为冷，蜜蜂们住在对面崖壁的洞里，夏天才有选择性地飞进他做好的蜂桶里。

阿土列尔村所在的狮子山，夏天开花，春天不开。一年里等所有的花开完已经是11月中旬，那时候也是打开蜂桶收集蜂蜜的时候。

如果今年天气继续好下去，既不旱也不涝，花就能开得充分，陈古吉估计能得到500斤左右的蜂蜜。到时候，他还准备收购村里其他人家的蜂蜜。

最近，陈古吉买了辆摩托车，平常停在山下，需要邮寄蜂蜜的时候就骑着它到七十公里外的昭觉县城，办完事住上一晚再骑回来。

虽然不符合精准扶贫户易地搬迁的条件，但乡政府一直没有忽视陈古吉家的情况。终于，在2021年5月，陈古吉一家按照旅游文化易地搬迁政策缴纳了6.27万元费用，分到了县城里一套100平方米的新房，配备好了家具等基本生活用品。陈古吉高兴地说，他们要选个好日子，年底搬迁。

2020年5月5日，吉克九甲带老三下山看病。
老大和老二也将被送到山下亲戚家暂住。

吉克九里取水回家，每次取水要往返40多分钟。

吉克九里和妻子敌日曲里。

吉克九里的大女儿陈伍作在家里的墙上画画，村里人陆续搬迁，一起玩的小朋友越来越少了。

周末，俄拉日在新房子里上网打发时间。

俄拉日搬进县城后，还会抽空回到瓦伍村。只不过回家次数减少后，身体微微发胖的俄拉日，开始觉得爬山有些累。

俄拉日10岁的弟弟俄吉几抱着姑姑的孩子，和8岁的妹妹俄石机一起把牛牵回家。

俄拉日和舅舅讨论通过网络销售村里土特产的计划，得到了舅舅的支持。

随着村子里大部分人口的外迁，陈古吉计划扩大养蜂规模。

陈木黑和弟弟陈武且爬树玩。

陈心明在厨房里做饭。

周末，俄地有洗在家里督促孩子们做作业。

放学回家的陈木黑在墙头玩耍。

清晨，陈古吉家，三个女孩一起梳洗打扮。

后记

四年九探"悬崖村"，看见人心的力量

2016年5月24日，《新京报》和腾讯新闻网同步推出了《悬崖上的村庄》图文报道，首次将"悬崖村"阿土列尔村带到公众面前。悬崖峭壁上攀爬藤梯的孩子、陈古吉用背包带提着儿子陈木黑、有着一双大眼睛的陈惹作奋力向上攀登的镜头，成了"悬崖村"被外界熟知的标记。

报道发出当天，便引起了中央和四川省的重视，凉山州委州政府开始着手解决"悬崖村"的出行安全等问题。次日，凉山州、昭觉县主要领导及各职能部门组成的工作组，攀爬天梯进入村子里开展工作。凉山彝族自治州州委书记林书成根据专家意见，表示要先施工一条钢筋结构的梯道，解决群众出行安全问题，接下来组织论证彻底解决方案。

在之后的一周里，我们先后发出了5篇图文报道，全面阐释了这里的贫困现状、贫困根源、落后的教育条件等，并对杨勇的考察结果进行了充分解释，传递了"悬崖村"，乃至昭觉县未来发展的自然资源优势。

同时，国内其他媒体也纷纷探访“悬崖村”，使其被置于聚光灯下。虽然报道给地方政府带来了一定的压力，但不可否认的是，这些年来地方政府一直在积极寻找帮助村民的路径。同样，在舆论压力之下，地方政府本着科学的态度，没有急于应付而盲目决策。

为了避免孩子们爬藤梯遇到危险，当地政府出资将勒尔小学的阿土列尔村及周边其他“悬崖村”的孩子们，全部纳入全日制寄宿，要等到钢梯修好，确保行路安全了，再让孩子们回家。

修路、搬迁这些诉求难以在短期内解决。地方政府决定先利用当地的特色产业，办养羊合作社、扶持经济作物种植，使村民们入股分红，先赚一部分钱。

2016年11月，钢梯竣工后，阿土列尔村迎候了多年来第一个嫁进村里的外村女青年。紧接着，山下勒尔小学的孩子们第一次攀爬相对稳定和安全的钢梯回家。大量游客涌入这里，有的好奇、有的献爱心、有的来打卡，使得过去几乎无外人涉足的阿土列尔村顿时喧闹起来。与此同时，当地政府引导山上山下的村民做起了农家乐生意。过去不易下山的土特产成了宝贝，在家里就被游客你一提我一包的买走了。

2017年7月，村里接上了国家电网，光纤把4G信号送到每户人家。村民们不仅用上了电饭煲、洗衣机、电冰箱，还会使用互联网与电商合作销售土特产。凉山州围绕阿土列尔村为圆点，向周边辐射的旅游项目规划和实施，也全面展开。

凉山州副州长、昭觉县委书记子克拉格表示，四川脱贫看凉山，凉山脱贫看昭觉，昭觉脱贫看“悬崖村”。也就是说，“悬崖村”作为一个样板，精准扶贫要达到更高标准。

2019年，“悬崖村”阿土列尔村84户精准扶贫户被纳入易地搬迁序列。2020年5月12～14日，也就是"悬崖村"被高度关注的第四年，大部分村民易地搬迁到了昭觉县城里的集中安置点。子克拉格说，易地搬迁点是昭觉县最高档的社区，相关配置也最为齐全，这使得"悬崖村"的彝族同胞实现了在四年里跨越千年的目标。

四年来，我们在持续报道阿土列尔村的同时，也把镜头对准了周边类似的"悬崖村"。这些村落，除了出行同样艰难外，大部分地处地质灾害高危区。

2019年8月，我联合腾讯公益，发起了对46个贫困学生的资助行动。帮助贫困家庭减少学生就学负担，为孩子们创造更好的学习条件。到2020年5月，得益于精准扶贫的政策红利，这些地方的村民也易地搬迁到了昭觉县城里的集中安置点。

支尔莫乡乡长、"悬崖村"第一书记帕查有格说："这些年'悬崖村'的每一个细节都被置于放大镜下，我们丝毫不敢懈怠。"改变的每一步都有媒体的监督报道，进而发现新的需求和问题，这也让我们看到了官民互动的范本。政府为村民创造机会脱贫，村民也自愿付出体力建设钢梯、付出精力学习如何做好旅游接待。"悬崖村"脱贫攻坚这个大难题，正因有两方的协同努力，才被一点一点攻克下来。

四年九探"悬崖村"，让我们也相信，在建设性新闻报道中，首先被看到的应该是群众的诉求。去看一看一些不为人知的微小，在那些容易被忽略的地方走一走，触及自己久违的痛点，看见人心的力量。

图书在版编目(CIP)数据

走出悬崖村 / 陈杰，刘旻著. ——北京：中国工人出版社，2021.9
ISBN 978-7-5008-7696-0

Ⅰ.①走… Ⅱ.①陈… ②刘… Ⅲ.①纪实文学-中国-当代 Ⅳ.①I25

中国版本图书馆CIP数据核字(2021)第143496号

走出悬崖村

出 版 人　王娇萍
责任编辑　李思妍　习艳群
责任印制　栾征宇
出版发行　中国工人出版社
地　　址　北京市东城区鼓楼外大街45号　邮编：100120
网　　址　http://www.wp-china.com
电　　话　(010)62005043(总编室)
　　　　　(010)62005039(印制管理中心)
　　　　　(010)82027810(职工教育分社)
发行热线　(010)62383056　82029051
经　　销　各地书店
印　　刷　北京美图印务有限公司
开　　本　710毫米×1000毫米　1/16
印　　张　16
字　　数　193千字
版　　次　2021年8月第1版　2021年8月第1次印刷
定　　价　88.00元